Das Buch

Schorschi ist zehn Jahre alt, hat eine Zwillingsschwester und zwei jüngere Schwestern, ebenfalls Zwillinge. Kein Wunder, daß ihm die drei manchmal auf die Nerven fallen und er sich freut, ins Internat zu kommen. Dort hat schon sein Vater die Schulbank gedrückt, und so wird auch er sich zurechtfinden. Bald sind die Zimmerkameraden dicke Freunde. Wie es den vieren gelingt, den Bernhardiner Wotan zum Internatshund zu machen, eine Katze und ihre vier Jungen in ihrem Zimmer zu betreuen, die strenge Heimleiterin zur Tierfreundin zu machen und trotzdem das Klassenziel zu erreichen, erzählt Marlen Haushofer anschaulich, spannend und humorvoll.

Die Autorin

Marlen Haushofer wurde am 11. April 1920 in Frauenstein/Oberösterreich geboren, studierte Germanistik und lebte später in Steyr. 1968 erhielt sie den österreichischen Staatspreis für Literatur. Sie starb am 21. März 1970 in Wien.

dtv großdruck

Marlen Haushofer:
Müssen Tiere draußen bleiben?

Deutscher
Taschenbuch
Verlag

dtv

Von Marlen Haushofer
sind im Deutschen Taschenbuch Verlag erschienen:
Begegnung mit dem Fremden (11205)
Die Frau mit den interessanten Träumen (11206)
Bartls Abenteuer (11235; auch als dtv großdruck 25054)
Wir töten Stella (11293)
Schreckliche Treue (11294)
Die Tapetentür (11361)
Die Wand (11403)
Eine Handvoll Leben (11474)

Im Text ungekürzte Ausgabe
Oktober 1993
Deutscher Taschenbuch Verlag GmbH & Co. KG,
München

ISBN 3-7141-1303-7
Umschlagtypographie: Celestino Piatti
Umschlagbild: Gisela Aulfes
Gesamtherstellung: C. H. Beck'sche Buchdruckerei,
Nördlingen
Printed in Germany · ISBN 3-423-25082-8

Schorschi erwachte vom Lärm aus dem Nebenzimmer, und wie jeden Morgen ärgerte er sich maßlos darüber. Er wünschte sich nichts anderes, als einmal ausschlafen zu können, aber nicht einmal am Sonntag war das möglich, weil seine Schwestern schon um sechs Uhr wach wurden und keine Ruhe gaben. Aus irgendeinem Grund schienen Mädchen viel weniger Schlaf zu brauchen als Buben. Schorschi hatte drei Schwestern, und das wurde ihm manchmal ein bißchen zu viel. Seine Zwillingsschwester Dorli war zehn Jahre, und die beiden Kleinen, die Zwillinge Bettinchen und Katrinchen, waren drei. Dorli mußte, zu ihrem ständigen Kummer, mit den Kleinen in einem Zimmer schlafen, Schorschi schlief in einer eigenen kleinen Kammer, die aber so winzig war, daß nur ein Bett und ein Sessel darin Platz hatten. Die Wohnung war einfach zu klein für vier Kinder, und die Wände waren zu dünn.

Schorschi, der die Ruhe und Beschaulichkeit liebte, litt sehr unter diesem Zustand, besonders Dorli konnte er fast nicht aushalten. Sie hatte eine helle, kreischende Stimme und sang den ganzen Tag in höchster Lautstärke; wenn sie nicht sang, spielte sie auf der Mundharmonika, sehr falsch, für

Schorschis geplagte Ohren, und eigentlich hielt sie nur beim Essen den Mund. Deshalb steckte jeder ihr zu, was er nur erreichen konnte, und Dorli, die ohnedies einen Hang zum Molligwerden hatte, war schon viel zu dick für ihre Größe. Außerdem hatte sie auch noch eine Menge anderer unangenehmer Eigenschaften. Sie konnte keine Spiele, die Schorschi gefallen hätten, war nur auf neue Haarreifen und Kleider scharf, und sie war recht falsch und hinterlistig. Mit so einer Schwester konnte man wirklich nichts anfangen. Sie führte aufreizende Reden, und wenn Schorschi sie endlich einmal an den Haaren erwischte, schrie sie so gellend, als hätte er sie verprügelt. Dafür durfte er sie, auf den Befehl seines Vaters, nicht anrühren, weil sie ein Mädchen war. Dorli schrie auch nur, wenn Papa in der Nähe war. Der stürzte dann nämlich aufgeregt ins Zimmer und gab Schorschi eins hinter die Ohren oder hielt eine Predigt über Ritterlichkeit gegen Damen. Schorschi fand, daß sein Vater sich in diesem Punkt direkt lächerlich benahm. Er streichelte und tröstete die heulende Dorli, die hinter seinem Rücken Schorschi die Zunge herausstreckte und abscheuliche Gesichter schnitt. War Papa aber nicht daheim, konnte man sie ruhig ein bißchen knuffen und an den Haaren ziehen. Es nützte ihr dann nämlich gar nichts, wenn sie schrie. Mama war eine vernünftige Frau und kannte ihre große Tochter ganz genau. Sie sagte: »Du bist doppelt so dick wie Schorschi, setz dich einfach auf ihn, dann kann er dir nichts tun, und schrei nicht den ganzen Tag wie am Spieß, das kann ja kein Mensch aushalten.«

Mama wußte ganz gut, daß Dorli nie im Leben eine Dame war, gegen die man besonders ritterlich sein mußte. Schorschi dachte oft, wie schön und friedlich sein Leben hätte sein können, wenn er das einzige Kind gewesen wäre. Nun, mit Katrinchen hätte er es vielleicht ausgehalten. Sie weinte zwar leicht, und oft saß sie in einer Ecke und jammerte leise vor sich hin; es klang wie das Piepsen eines kranken Vogels oder das Winseln eines kleinen Hündchens, jedenfalls nicht wie gewöhnliches Kinderweinen. Schorschi konnte das gar nicht anhören. Er mußte dann alles liegen- und stehenlassen, zu Katrinchen gehen, sie trösten und mit ihr spielen. Und er war ganz glücklich, wenn ihre feuchten braunen Augen wieder fröhlich wurden. Sie konnte sehr sanft und lieb sein und stundenlang mit einer kleinen, dicken Puppe spielen.

Ja, er und Katrinchen hätten völlig genügt. Dorli war überhaupt nur eine Plage und konnte nichts als Lärm schlagen und essen, und Bettinchen sah zwar sehr hübsch aus, mit ihren blonden Locken und den riesigen blauen Augen, aber sie war ein richtiger kleiner Springteufel, schrecklich jähzornig, und sie konnte genauso durchdringend kreischen wie Dorli, nur noch nicht so laut, aber das würde sie bestimmt auch noch lernen. Einmal hatte sie im Zorn Schorschi in die Schulter gebissen. Dabei war sie so ein leichtes kleines Ding, mit winzigen Händen und Füßen, und man konnte sie unmöglich schlagen. Bettinchen gab keinen Augenblick Ruhe, rannte mit schrillem Geschrei durch die Wohnung und behauptete, eine Lokomotive zu sein, oder sie drangsalierte das arme Katrinchen, das immer voll blauer Flecken war und nie ein Spielzeug behalten konnte, weil ihre Zwillingsschwester ihr alles aus der Hand riß. Bettinchen war auch nicht besonders anhänglich und konnte nicht leiden, wenn man sie anfaßte, und zu Mama war sie unglaublich frech. Wenn aber Papa heimkam, verwandelte sie sich in einen kleinen Engel. Sie brachte ihm die Hausschuhe, den Aschenbecher und die Zeitung. Freilich, die Zeitung durfte er nicht lesen, ehe er nicht eine lange Geschichte erzählt hatte. Unvorstellbar, wie dieser große, starke Mann sich von seinen Töchtern unterdrücken ließ. Schorschi mußte insgeheim manchmal daran zweifeln, daß Papa so gescheit war, wie Mama immer behauptete. Er schien ja auch gar nicht zu bemerken, wie ausgefallen eine Familie war, die nur immer Zwillinge bekam; ja er lachte sogar darüber und sagte, die nächsten Zwillinge würde er Max und Moritz nennen. Er hatte leicht lachen, er war ja nur abends und an Sonntagen zu Hause, und zu ihm waren die Mädchen süß und lieb und folgsam. Vielleicht wußte er gar nicht, wie sie sich aufführten, wenn er im Büro war. Wenn Mama einmal die Zeitung lesen wollte, mußte sie sich Watte in die Ohren stecken, und er, Schorschi, konnte nie in Ruhe seine Aufgaben schreiben. Wenn er es recht bedachte, war es ein Wunder, daß Mama ihrer Familie noch nicht davongelaufen war. Er konnte auch nicht verstehen, daß sie über die Aussicht, ihre beiden »Großen« zu verlieren, so betrübt war. Er an ihrer Stelle wäre vor Erleichterung einen Meter hoch gesprungen.

Da die Familie in einem kleinen Markt auf dem Land lebte, wo es keine höhere Schule gab, hatte Papa beschlossen, Schorschi und Dorli ins Internat zu geben. Im Herbst sollte es soweit sein. Insgeheim freute Schorschi sich schon sehr darauf. Dorli sollte in die Stadt kommen, in ein Mädchenpensionat, Schorschi in das Internat auf dem Land, das schon sein Vater als Bub besucht hatte. Die Aussicht, endlich Dorli und die kleine Lokomotive Bettinchen loszuwerden und dafür unter lauter Buben leben zu können, war wirklich zu verlokkend. Er hatte sich von Papa ganz genau erzählen lassen, wie es im Internat zuging, und wenn man Papa glauben durfte, hatte er dort sehr lustige Zeiten verlebt. Jedenfalls gab es im Internat nur große Zimmer, eine ganze Menge Zimmer, und einen riesigen Park, in dem man spielen konnte. Und es war verboten, Mundharmonika zu spielen oder im Haus Lärm zu schlagen. Außerdem gab es bestimmt keinen Buben, der so durchdringend kreischen konnte wie Dorli. Vielleicht hätte Schorschi der Gedanke an ein Internat nicht so gut gefallen, wenn Dorli daheim geblieben wäre, so aber schien ihm alles gerecht zuzugehen. Dorli konnte sich jedenfalls nicht hinterlistig bei den Eltern einschmeicheln, während er nicht im Haus war.

Er wurde aus seinen angenehmen Gedanken aufgescheucht durch gellendes Geschrei aus dem Mädchenzimmer. Das war Bettinchen, der kleine Zornbinkel. Und was tat Dorli? Anstatt die Kleine zu beruhigen, was zwar ziemlich aussichtslos war, fing sie an, seelenruhig auf der Mundharmonika zu spielen. Schorschi hielt sich entsetzt die Ohren zu, als die Tür aufging und das unglückliche Katrinchen ins Zimmer trippelte.

»Alle Steine wegnimmt, Bettina bös!« schluchzte sie und versteckte ihr blasses Gesicht in Schorschis Polster. Schorschi, der Katrinchen nicht weinen sehen konnte, putzte ihr die Nase und wischte ihr kleines Gesicht ab, dann stieg er seufzend aus dem Bett und wagte sich, Katrinchen an der Hand führend, ins Kinderzimmer. Dorli saß in ihrem Bett, sah aus wie der Vollmond und spielte mit geschlossenen Augen und ganz versunken auf der Harmonika.

Das werden sie dir schon austreiben im Internat, dachte Schorschi, du Ungeheuer! Bettinchen lag auf dem Teppich und schleuderte kreischend alle Bausteine an die Wand. Sie heulte wie eine Sirene und war schon ganz blau im Gesicht vor Zorn. Ihr Nachthemdchen war ihr über den Popo hinaufgerutscht, und Schorschi benützte diese günstige Gelegenheit, um ihr einen mittelstarken Klaps dorthin zu versetzen. Bei diesem Anblick lächelte Katrinchen selig unter Tränen und schmiegte ihre feuchte Wange gegen Schorschis Hand.

»Fester, Schorschi, fester!« piepste sie dazu. Das hätte sie nicht tun sollen, denn jetzt sprang Bettinchen, wie von einer Wespe gestochen, auf und stürzte sich auf ihre Zwillingsschwester. Schorschi hatte beide Hände voll zu tun, um sie festzuhalten. Katrinchen war sofort unter Dorlis Bett gekrochen und sah aus glänzenden Rehaugen dem folgenden Kampf zu.

Natürlich war Schorschi stärker als Bettinchen, aber er wollte ihr ja nicht weh tun, und er konnte sie nicht ewig festhalten. Die Kleine biß, kratzte und schrie dazu in gellenden Tönen. Schön langsam wurde Schorschi wütend.

»Steh endlich auf, du Faultier!« schrie er Dorli an, »und hilf mir.«

Dorli schlug gelangweilt die Augen auf und sagte strafend: »Siehst du denn nicht, daß ich spiele?«, und sie fuhr ungerührt fort, der Harmonika abscheuliche Töne zu entlocken.

»Aufhören!« brüllte Schorschi außer sich, denn eben hatte Bettinchen ihn ins Schienbein gebissen, und das tat ganz schön weh. »Hör auf oder ich werf' deine blöde Harmonika aus dem Fenster.«

Dorli nahm das Instrument von ihren gespitzten Lippen und sagte schnippisch: »Was geht denn das mich an; sind es vielleicht meine Kinder, die da brüllen? Was mischst du dich denn immer ein? Von mir aus können sie sich gegenseitig auffressen.« Und schon fuhr sie wieder fort mit ihren musikalischen Übungen.

Schorschi war starr. Das sah Dorli ähnlich, keinen Funken Pflichtbewußtsein und Familiensinn besaß dieses Geschöpf. Er stopfte das verzweifelt um sich schlagende Bettinchen in den Kleiderkasten und drehte den Schlüssel um. Dort drinnen konnte sie toben, soviel sie wollte. Dann nahm er das zitternde Katrinchen mit in seine Kammer und steckte sie in sein Bett.

»Komm, sei brav«, sagte er, »ich lese dir aus dem Märchenbuch vor.«

Die Kleine lauschte mit offenem Mund, und endlich konnte er sie zum Lachen bringen. Katrinchen lachte selten, aber wenn sie es tat, war es, als ginge die Sonne auf nach einer finsteren, regnerischen Nacht. Ja, Katrinchen würde ihm bestimmt fehlen im Internat, aber das mußte er eben in Kauf nehmen.

Schorschi war sehr böse auf Dorli, weil sie sich

nie um ihre kleinen Schwestern kümmerte und Mama kein bißchen half. Papa ging schon früh aus dem Haus, und Mama war wohl schnell einkaufen gegangen und mußte bald zurück sein. Höchste Zeit, daß er sich anzog.

»Bleib schön im Bett«, ermahnte er Katrinchen, »dann lese ich dir später weiter vor; schau dir inzwischen die Bilder an«, und er schnappte sich seine Wäsche und ging damit ins Badezimmer.

Als er zurückkam, war Katrinchen wieder eingeschlafen. Sie war, genau wie Schorschi, eigentlich eine Langschläferin, wurde aber von ihren Schwestern immer zu früh geweckt und blieb oft bis mittags verschlafen und weinerlich. Leise packte Schorschi seine Schultasche und zog die Tür hinter sich zu.

In der Küche stand schon Mama und strich die Brote für ihn und Dorli. Als sie ihn sah, lächelte sie, sagte »Guten Morgen, Schorschi« und schenkte ihm seinen Kakao ein. Mama sah aus wie Katrinchen, nur größer und älter, auch Schorschi war ihr ähnlich und, wie sie, ruhig und friedfertig. Mama seufzte und sagte: »Wenn Dorli nicht aufsteht, wird sie wieder zu spät in die Schule kommen. Höchste Zeit, daß ihr ein bißchen Ordnung und Gehorsam beigebracht wird.«

»Mama«, sagte Schorschi beklommen, »Bettina sitzt im Kleiderkasten, ich hab' sie eingesperrt, wirklich, sie war nicht anders zu bändigen, und

Katrinchen liegt in meinem Bett und schläft.« Und nach ein paar Schlucken Kakao fügte er nachdenklich hinzu: »Vielleicht solltest du nachschauen, ich glaub', Dorli würde Bettina glatt ersticken lassen.«

Mama ließ eine Semmel aus der Hand fallen und rannte aus der Küche. Nach ein paar Minuten kam Dorli herein, und auf ihrer Wange brannte ein verdächtig roter Fleck. Schorschi grinste.

»Du brauchst gar nicht so dumm zu grinsen«, zischte Dorli empört. »Wenn der Papa heimkommt, werden wir ja sehen, was er dazu sagt. Alle gehen hier auf mich los. In diesem Haus kann man nicht einmal ein bißchen Musik machen. Froh bin ich, wenn ich ins Pensionat komm' und dich und diese kleinen Schreihälse nicht mehr sehen muß.«

»Selber der größte Schreihals!« sagte Schorschi. und dann überlegte er, ob er mit Dorli streiten sollte oder nicht. Aber als ihm einfiel, wie sie jedesmal kreischte, wenn er auf sie losging, unterließ er es lieber. Lärm hatte er heute schon genug gehabt, außerdem war es schon zu spät zum Streiten. Dorli pampfte in sich hinein, was nur ging, und schielte manchmal böse zu ihm hinüber, ärgerlich, weil sie nicht gleichzeitig streiten und essen konnte.

Nach einer Weile kam Mama mit Bettinchen in die Küche und setzte sich an den Tisch. Die Kleine tat, als hätte Schorschi ihr nie einen Klaps auf den

Popo gegeben, und fing an, Hühnerfedern in sein Haar zu stecken. Nachtragend war sie wirklich nicht. Schorschi wunderte sich wieder einmal, daß dieser blonde Engel mit dem Grübchen im Kinn sich noch vor einer halben Stunde so teuflisch benommen hatte. Geduldig ließ er sich mit Federn schmücken, und Bettinchen sprang jauchzend um den Tisch herum und klatschte in die Hände. Vielleicht, dachte Schorschi, wird mir auch Bettinchen im Internat fehlen: und, wer weiß, vielleicht sogar Dorli.

In diesem Augenblick fing Dorli, die den letzten Bissen geschluckt hatte, zu singen an, ein Lied über den Frühling, und Schorschi spürte, wie sich seine Haare sträubten. Nein, dachte er, Dorli wird mir bestimmt nicht abgehen, ganz sicher nicht. Er stand auf, zog die Federn aus dem Haar, sehr zum Mißvergnügen Bettinchens, die schon wieder den Mund verzog und gleich zu schreien anfangen würde, dann küßte er Mama flüchtig auf die Wange, griff nach seiner Schultasche und wischte zur Tür hinaus. Er rannte und rannte, bis er Dorlis schallende Trompetenstimme nicht mehr hören konnte. Erst auf der Straße ging er langsamer, stieß einen Kieselstein mit dem Fuß vor sich her und versank in angenehme Träumereien über seine Zukunft im Internat.

Das Internat lag inmitten eines großen Parks, ein langgestrecktes zweistöckiges Haus, das recht altmodisch und ein bißchen angeschlagen aussah, als hätten schon viele Generationen von Buben darin gehaust. Die Mauern waren ziemlich grau und schmutzig, und der Park schien auch nicht besonders gepflegt zu sein. Schorschi, der recht ordentlich war, bemerkte dies gleich und machte auch seinen Vater darauf aufmerksam. Aber der meinte, das wäre schon zu seiner Zeit so gewesen und es sei einfach unmöglich, ein Haus und einen Park, in dem so viele Buben lebten, wirklich schön- und sauberzuhalten. Schorschi sah dies ein, es störte ihn aber, daß seinem Vater im Zusammenhang mit Schmutz und Unordnung immer nur Buben einfielen.

»Glaubst du, Papa«, fragte er ein wenig verbittert, »daß es in einer Mädchenschule besser aussieht?«

Sein Vater sah erstaunt auf ihn nieder und sagte: »Man sollte es wenigstens annehmen, glaube ich.«

Schorschi hielt den Mund. Es hatte keinen Sinn, sich mit Papa, der in vieler Hinsicht wirklich vernünftig war und mit sich reden ließ, auf einen Wortwechsel einzulassen. Eines Tages würde er bestimmt dahinterkommen, daß er sich einzig und allein auf seinen Sohn verlassen konnte und nicht auf seine drei Töchter. Es war nur manchmal sehr langweilig, so lange auf diesen Tag warten zu müssen.

Außerdem war jetzt bestimmt nicht der richtige Augenblick für derartige Gedanken. Schorschi spürte, daß sein Rucksack ihn nach hinten zog, er konnte gar nicht gerade gehen; sein Vater trug den großen Koffer, denn man durfte nicht ganz nahe ans Haus heranfahren, um die Parkwege nicht zu beschädigen. Sie waren ohnedies schon recht zertreten.

Mit jedem Schritt, den sie dem Haus näher kamen, wurde Schorschi beklommener zumute. Ein Glück, daß Mama nicht mit war; sie hätte womöglich geweint, und das hätte ihnen gerade noch gefehlt. Wahrscheinlich weinte sie daheim auch, wenn Katrinchen und Bettinchen gerade schliefen, aber das mußte er nicht mit ansehen. Es war sogar angenehm, daran zu denken. Mama bemühte sich immer, keines der Kinder zu bevorzugen, aber Schorschi hatte längst bemerkt, daß er ihr am nächsten stand. Es war ja auch kein Wunder, niemals benahm er sich so frech und widerspenstig gegen sie wie die Mädchen. Arme, arme Mama! Nun, es mußte doch ein gewisser Trost sein, daß auch Dorli, dieses kleine Ungeheuer, aus dem Haus war. Mamas geplagte Ohren würden sich endlich erholen können, zumindest, wenn die Zwillinge gerade schliefen.

Der Gedanke an Dorlis Gesang und ihre Harmonikakünste ließ Schorschi kräftiger ausschreiten. Was immer ihm bevorstehen mochte, Papa hatte ihm hoch und heilig versichert, daß man in dieser Schule nie sehr viel übrig gehabt hatte für Gesang, dafür umsomehr für Mathematik und Latein, das klang zwar furchtbar schwierig und ernst, aber wenn Papa es überstanden hatte, würde es ihm, Schorschi, wohl auch gelingen. Jedenfalls machte er sich nicht die geringsten Sorgen über seine Zukunft. Er war überhaupt der Meinung, daß man sich nicht vorzeitig über Dinge aufregen sollte, die vielleicht gar nie eintreten würden. Mama hatte manchmal zu ihm gesagt: »Mein kleiner Philosoph«, und ihm erklärt, was ein Philosoph ist, nämlich ein gelehrter, nachdenklicher Mensch. Sie hatte sich überhaupt immer bemüht, auf seine Fragen zu antworten, und das war bestimmt nicht leicht gewesen neben den drei Mädchen.

Schorschi und sein Vater waren nicht die einzigen, die auf das große Haus zustrebten; sie waren nicht einmal die ersten. Auf den Stufen des Hauses, sehr abgetretenen Stufen, stand eine riesengroße Frau und unterhielt sich mit tiefer, lauter Stimme mit einem Elternpaar, hinter das sich ein kleiner, rothaariger, dünner Bub geschoben hatte. Er sah aus, als suche er verzweifelt ein Mauseloch, um sich zu verkriechen, und jeden Augenblick schien er noch winziger zu werden.

Die große Frau war sehr merkwürdig gebaut,

unten herum sehr breit und nach oben zu immer schmäler, der Kopf saß auf ihren Schultern wie eine rote Birne mit vielen weißen Lockenbüscheln rundherum. Ein bißchen sah sie aus wie das Haus selber, ein wenig abgenützt vom Umgang mit den vielen Buben, aber recht kräftig und gesund. Und eine Stimme hatte sie, wie der Löwe in Schönbrunn. Der kleine Rotkopf schien sich vor dieser Stimme zu fürchten und verkroch sich hinter seiner Mutter, die genau wie er aussah, klein, dünn und rothaarig. Sie hatte auch die gleiche Frisur wie ihr Sohn, ganz glattes, kurzes Haar, das wie Kupfer in der Sonne glänzte.

Schorschi beschloß, sich von dieser Stimme nicht einschüchtern zu lassen. Er hatte sich auch vor dem Löwen nicht gefürchtet. Der Löwe lag in seinem Käfig, und es war seine Pflicht, wenn Besucher kamen, ein-, zweimal furchterregend zu brüllen, dafür wurde er später mit großen Fleischstücken belohnt. Schorschi hatte genau gesehen, wie der Löwe, nachdem die Leute vorbeigegangen waren, den riesigen Kopf auf die Pfoten gelegt und gegähnt hatte, und dabei hatte er Schorschi zugezwinkert. Nein, vor Geschöpfen, die mit einer so tiefen Stimme brüllten, mußte man sich wirklich nicht fürchten. Papa brüllte auch manchmal und war doch bestimmt ein sehr gutmütiger Mensch, sonst hätte er Dorli und die Zwillinge nicht aushalten können.

Dann geschah etwas sehr Peinliches, die Mutter des rothaarigen Buben fing zu weinen an und schien ihren Sohn nicht hergeben zu wollen. Alle redeten jetzt durcheinander. Der Mann versuchte, die Frau zu beruhigen, und der Bub fing plötzlich auch zu schluchzen an und klammerte sich an seine Mutter. Er sah wirklich sehr jung aus, aber Schorschi schämte sich für ihn und hätte ihm gern eine heruntergehauen, weil ihn das Weinen ganz aus der Fassung brachte.

»Zu diesem Buben«, sagte Schorschis Vater leise, »mußt du immer sehr hilfsbereit sein, er wird es besonders schwer haben.«

Inzwischen hatte die große Frau ein wenig hilflos um sich geblickt und einen großen dunkelhaarigen Buben erspäht, der, einen Fußball unter den Arm geklemmt, die Stiege hinauflaufen wollte.

»He, Thomas«, schrie sie plötzlich, »nimm dich ein bißchen deines neuen Mitschülers an, er heißt Clemens, führ ihn ins Fünferzimmer und gib ihm das Bett neben dir. Kümmere dich um ihn, verstanden!«

Und sie warf ihm einen Blick zu, der drohend hätte wirken sollen.

Dieser Thomas war viel größer und dicker als der kleine Rotkopf und als Schorschi. Breitschultrig und mit Muskeln bepackt, sah er eher wie ein Boxer aus als wie ein Schüler der ersten Klasse. Gelangweilt griff er mit einer Hand nach Clemens'

Koffer, mit der anderen nach Clemens selber und schleppte beide ab, nicht gerade erfreut über die neue Aufgabe. Der Kleine war viel zu erstaunt über diese Behandlung und folgte ihm ohne Widerstreben.

Und dann ging alles sehr schnell. Der Mann führte seine weinende Frau weg, und dann schüttelte schon die Riesin Schorschis Vater die Hand. Schorschi sah von ihr nichts als den mittleren Knopf ihrer Lodenweste, einen Hirschhornknopf, der kunstvoll geschnitzt war und zwei kämpfende Hirsche darstellte. Schorschi trat einen Schritt zurück und sagte: »Bitte, Sie verlieren Ihren mittleren Knopf.«

Aber die große Frau hatte ihn nicht verstanden, ihre Ohren waren einfach zu weit weg von ihm. Sie beugte sich nieder und fragte: »Was sagst du?«

Schorschi spürte, wie er rot wurde, und schrie aus ganzer Lunge: »Sie verlieren Ihren Knopf, bitte.«

Die Riesin lachte schallend. Schorschi wunderte sich ein bißchen darüber, denn er fand es gar nicht lächerlich, daß sie im Begriff war, diesen prächtigen Knopf zu verlieren. Dann riß sie den Knopf kurzerhand ab und steckte ihn ein.

»Danke, Georg«, sagte sie, »du hast eine laute Stimme, das gefällt mir, wir werden uns schon vertragen. Ich bin die Heimleiterin, und in deiner Klasse unterrichte ich auch noch Geographie.

Wenn du irgendwelche Sorgen hast, komm nur zu mir, verstanden? Du schläfst im Fünferzimmer, im Bett rechts vom Fenster.«

Sie schüttelte Schorschis Vater kräftig die Hand und wandte sich anderen Leuten zu.

Schorschis Vater fand sich noch sehr gut zurecht. Er führte seinen Sohn in den ersten Stock ins Fünferzimmer. Darin gab es vier Eisenbetten, vier Kästen, einen Tisch und vier Sessel. Alles sah ein wenig abgenützt aus, nicht so schön wie die Möbel daheim. Papa stellte den Koffer auf den Tisch und räumte Schorschis Anzüge und seine Wäsche in den Kasten. Dann küßte er ihn auf die Wange, sagte »Servus, mein Lieber; es wird schon alles gutgehen«, und schon war er weg. Schorschi starrte auf die Tür und hatte das Gefühl, als hätte man ihn kräftig auf den Kopf geschlagen. Es war ein Glück, daß er nicht allein im Zimmer war und sich zusammennehmen mußte.

Ja, der große Thomas und der kleine Clemens waren damit beschäftigt, Clemens' Sachen einzuräumen. Thomas tat dies auf eine ganz neue Art. Er trat bis zur Tür zurück und feuerte dann ein Stück nach dem andern in die Fächer. Er sah aus wie eine Figur aus Marmor, die Schorschi einmal im Museum gesehen hatte und die ›Der Diskuswerfer‹ hieß, nur, daß diese Figur nackt gewesen war und Thomas einen Schnürlsamtanzug trug.

»Wie gefällt dir das?« fragte Thomas stolz.

»Ich weiß nicht«, stotterte der Kleine, »ich find' es ja großartig, aber meiner Mutter würde es vielleicht nicht so gut gefallen, was du mit meinen Socken und Unterhosen machst. Daheim muß ich immer alles ordentlich zusammenlegen.«

Die Stirn des Großen furchte sich unwillig.

»So«, sagte er, »das vergißt du am besten sofort. Hier gibt es keine Mütter, und hier wird nichts ordentlich zusammengelegt, nicht in meinem Zimmer. Merk dir das, und sei kein Spielverderber. Aber wehe, wenn du frech wirst, geht's dir nicht gut in diesem komischen Bau.«

Und er feuerte eine von Clemens' Unterhosen in den Kasten. Der Kleine starrte ihn halb verzagt, halb bewundernd an.

Irgend etwas ärgerte Schorschi an dieser angeberischen Rede. Er wußte nicht, wie er sich benehmen sollte. Vielleicht sollte er sich vorstellen; schade, daß Mama nicht hier war, die wußte in diesen Dingen Bescheid. Kurz entschlossen ging er zu Thomas hinüber und sagte: »Ich heiß' Georg, daheim sagen sie Schorschi zu mir, du kannst mich auch so nennen, wenn du willst.«

Thomas sah ihn grübelnd an, als dächte er an ganz andere Dinge, dann schlug er ihm plötzlich hart auf die Schulter, daß Schorschi fast in die Knie ging, und sagte: »Servus, ich bin der Thomas, aber so nennt mich nur der Turm, alle andern sagen Fluffi zu mir, weil ich die ›f‹ nicht gut aussprechen kann; ich glaub', meine Zunge ist ein bißchen zu lang. Nur drei Buben aus der Dritten dürfen mich nicht Fluffi nennen, die dürfen mich überhaupt nicht anreden, weil sie mich beleidigt haben, die Rotznasen. Und damit du's gleich weißt, ich geh' zum drittenmal in die erste Klasse, mit einer Sondergenehmigung, eigentlich darf man nicht so oft sitzenbleiben.«

»So«, sagte Schorschi, »interessant.« Er wußte nicht, was er sonst sagen sollte, ohne den jungen Riesen zu beleidigen wie die Rotznasen aus der Dritten. Endlich fiel ihm etwas Unverfängliches ein: »Wer ist denn, bitte, der Turm?«

»Die Frau Doktor Mertl, unsere Heimleiterin; sie heißt schon immer so, weil sie ausschaut wie der schiefe Turm von Pisa. Warst du schon einmal in Pisa? Ich schon: Meine Alten haben mich durch ganz Italien geschleppt. Dort war es furchtbar fad, lauter Bildergalerien und alte Kirchen, und sie haben mir kein einziges Eis gekauft, weil ich schlechte Mandeln gehabt hab'; das war wirklich sehr gemein.«

Ganz plötzlich brach er seine Rede ab, biß an seinem Daumen herum und starrte finster vor sich hin, in düstere Gedanken über die Hartherzigkeit seiner Alten versunken. Schorschi vermutete, daß damit seine Eltern gemeint waren, wer sonst konnte schon einem Kind verbieten, Eis zu essen. Mama hatte einmal zur Nachbarin gesagt, es sei nicht gut für ein Kind, zu alte Eltern zu haben. Fluffi schien ein derartiger Fall zu sein. Bestimmt war er nicht ganz normal, sonst hätte er nicht so von seinen Eltern geredet und sich nicht damit gebrüstet, zweimal sitzengeblieben zu sein.

Da Fluffi ohnedies nicht mehr ansprechbar war, wandte Schorschi sich dem kleinen Clemens zu und schüttelte ihm die Hand, die kalt und dünn in der seinen lag. Clemens war so klein und mager, daß wohl jeder ihn für einen Volksschüler gehalten hätte. Seine Haut war ganz weiß und mit Sommersprossen übersät, und rötere Haare, als er hatte, konnte es gar nicht geben. Nicht einmal die Damen, die Schorschi beim Friseur gesehen hatte, konnten da mithalten. Er nahm sich vor, zu diesem Zwerg nett zu sein, obgleich es eine Schande war' daß er geheult hatte, aber daran war wohl seine Mutter schuld gewesen.

»Heißt du nur Clemens?« fragte Schorschi. »Wie nennen dich denn deine Eltern?«

Der Kleine schneuzte sich in ein sehr feuchtes Taschentuch und murmelte: »Ich heiß' nur Clemens, meine Mutter sagt, es ist ein schöner Name, ein Bischof hat so geheißen und ein Dichter, ein ganz berühmter Dichter, er ist schon lange tot. Meine Mutter sagt, Spitznamen sind etwas Ordinäres.«

In diesem Augenblick erwachte Fluffi aus seinem düsteren Brüten und stieß einen drohenden Schrei aus.

»Was sagst du da, du kleiner Angeber? Über den Bischof weiß ich nichts, möglich, daß der in Ordnung war, aber deinen großen Dichter, den kenn' ich. Eine Tante hat mir einmal ein Buch von ihm geschenkt. Wißt ihr, ich kauf' mir manchmal ein Schundheft, aber so was ist mir noch nie untergekommen. So ein Blödsinn, handelt von Hühnern, Katzen und Hunden, ganz scheußlichen Hunden, die alle jungen Katzen umbringen. Und diese widerlichen Hühner freuen sich noch darüber. Mir können sie nicht erzählen, daß das ein großer Dichter war, mir nicht!«

Der Rotkopf steckte die Nase in die Luft und sagte: »Das werd' ich meiner Mutter schreiben. Entweder du lügst, oder sie hat sich geirrt, aber sie irrt sich fast nie. Übrigens kann mir das ganz egal sein, denn ich heiß' nach dem Bischof, und der hat bestimmt nie junge Katzen umbringen lassen, weil ein Bischof so etwas einfach nicht tut. Oder willst du das leugnen?«

Aber Fluffi schien ganz plötzlich das Interesse an den beiden verloren zu haben und war aus dem Zimmer gegangen.

»Der scheint aber sehr sonderbar zu sein«, sagte Schorschi vorsichtig. Clemens sah ihn aus verschwollenen Augen an. Seine Sommersprossen glühten, und sein Haar stand wie eine Flamme um seinen Kopf.

»Der spinnt«, sagte er voll Überzeugung, »ich

glaub' ihm kein Wort. Ein Dichter schreibt einfach nicht so grausliche Sachen. Und wie er über seine Eltern redet! Wie ich Angina gehabt hab', haben sie mir auch kein Eis gekauft, und ich sag' nicht ›meine Alten‹; das ist schon sehr frech von ihm, nicht?«

»Vielleicht sind sie wirklich schon recht alt«, erwog Schorschi, »ich glaub ', wir sollten vorsichtig mit ihm umgehen, er ist alle fünf Minuten anders aufgelegt. Besser, du widersprichst ihm nicht zu viel.«

Er hatte es gut gemeint mit dem Kleinen, aber der war schon wieder in der Höhe.

»Ich widerspreche jedem«, schrie er mit seiner dünnen Stimme, »und wenn er noch so groß und dick ist, und ich lass' mir einfach nichts gefallen, und wenn dieser komische Fluffi mich lang ärgert, haue ich ihn mit der Faust aufs Aug'.«

»Das«, sagte Schorschi, »täte ich an deiner Stelle nicht. Dieser Fluffi hat Muskeln wie ein Boxer und kann dich zusammenschlagen wie nichts. Besser, du hältst deinen Mund, wenn er im Zimmer ist.«

Der Kleine schien genauso verrückt zu sein wie Fluffi, oder wollte er mit dem Geschrei nur seinen Kummer übertönen? Schorschi hatte sich das Leben mit anderen Buben lustiger vorgestellt, aber, so sagte er sich, dies war ja erst der Anfang, es konnte immer noch besser kommen. Es hatte keinen Sinn, sich schon jetzt darüber aufzuregen. Schorschi war recht verträglich und war bisher in der Schule mit allen Kindern gut ausgekommen. Wegen seines ruhigen Wesens hatte man ihn in Streitfällen zu Rate gezogen, außerdem war er ein guter Fußballspieler, und so konnte ihm eigentlich nicht viel geschehen.

Inzwischen hatte sich Clemens wieder beruhigt und war darangegangen, seinen Kasten in Ordnung zu bringen, in dem alles wie Kraut und Rüben durcheinanderlag. Eine Weile herrschte Stille im Zimmer, aber weil Clemens nie lange den Mund halten konnte, erfuhr Schorschi im Lauf der folgenden Stunde alles über seinen Gefährten. Seine Eltern gingen ins Ausland, und er würde sie erst in drei Jahren wiedersehen, die Ferien sollte er bei seinem Großvater verbringen, der schon recht alt, aber noch ziemlich munter und gesund war.

Schorschi verstand jetzt, warum der Kleine beim Abschied geweint hatte, und beschloß, sein unmögliches Benehmen zu vergessen. Es war doch wirklich sehr hart, wenn man seine Mutter drei Jahre nicht sehen konnte. Clemens hatte noch eine kleine Schwester, drei Jahre alt, die bei den Eltern bleiben durfte. Sie hieß Rosutta, die Familie schien eine Schwäche für ausgefallene Namen zu haben. Clemens behauptete, Rosutta wäre das netteste Kind auf der Welt und nicht annähernd so rothaarig wie er, dabei hätte es bei ihr gar nichts ausgemacht. Die roten Haare kamen aus der Familie seiner Mutter, aber an ihr fanden alle Leute diese Haarfarbe schön. Offenbar durften Frauen rote Haare haben, kleine Buben aber nicht. Überhaupt ging es auf der Welt sehr ungerecht zu. In der Volksschule hatten ihn die Kinder immer verspottet und ihm »Rotschädel« oder »Karotte« nachgerufen, aber in Wirklichkeit machte ihm das gar nichts aus. Schließlich war auch sein Großvater knallrot gewesen und ebenso sein Urgroßvater, und alle Onkel und Tanten waren es. Also würde er, Clemens, es auch aushalten können, ohne zu verzagen. Wenn er groß war, wollte er Richter werden, wie sein Großvater, und dafür sorgen, daß es überall ganz gerecht zuging und daß kein Kind mehr verspottet würde wegen seiner Haare, seiner Ohren oder seiner Nase, und auch die Stotterer sollten in Ruhe gelassen werden und die Kinder, die jedesmal rot wurden, wenn der Lehrer sie aufrief. Für Leute, die zuwider handelten, wollte Clemens kaltblütig die Prügelstrafe einführen. Er hatte sich in Eifer geredet, und Schorschi fand, er habe sich eigentlich ein bißchen zu viel vorgenommen.

»Wenn du das erreichen willst«, sagte er, »mußt du jetzt schon anfangen, größer und stärker zu werden. Du mußt alles essen, was du nur erwischen kannst.« Und er schenkte ihm großzügig eine halbe Tafel Schokolade.

Es war schon dämmrig, als der letzte Bewohner des Fünferzimmers eintraf, ein großer, sehr gesund aussehender Bub, der ein wenig schüchtern und schweigsam zu sein schien. Clemens aber redete ihn gleich an, er war neugierig wie ein Mädchen, vielleicht sogar neugieriger, und sehr bald hatten sie das Wichtigste über den Neuen erfahren; daß er Josef hieß, Pepi genannt wurde, daß sein Vater einen Bauernhof und ein Sägewerk besaß und daß Pepi studieren mußte, weil er gescheiter war als seine Brüder. Pepis Vater hatte sich das alles sehr schön ausgedacht. Pepi mußte studieren, ein Bruder mußte den Hof übernehmen und der andere das Sägewerk, und die Schwester mußte ausgezahlt werden. Schorschi fragte, was das heiße, und Pepi erklärte ihm, daß seine Schwester, wenn sie heirate, ihr Erbteil in Form von Geld bekommen würde.

»Wie alt ist deine Schwester?« fragte Schorschi.

»Fünf«, sagte Pepi und begriff nicht, warum die beiden lachten, aber er lachte mit, weil er ein guter Kerl und selber gern vergnügt war. Pepi sprach starken Dialekt, viel ärger als Schorschi und Fluffi, nur Clemens sprach ziemlich reines Hochdeutsch, manchmal konnte er gar nicht verstehen, was Pepi sagte.

Schorschi war insgeheim sehr froh, daß Pepi dazugekommen war. Er schien vernünftig und gutmütig zu sein, außerdem war er groß und stark für sein Alter und konnte im Notfall eine Hilfe werden. Er beschloß, sich mit ihm anzufreunden, auch mit dem kleinen Clemens, der zwar ein bißchen verrückt war, aber doch ganz nett und lustig sein konnte. Es gefiel Schorschi, daß Clemens Richter werden wollte, und er fand, diesen Eifer müsse man unterstützen.

Nach einer Weile kam Fluffi ins Zimmer, mit einem riesigen Wurstbrot in der Hand, begutachtete Pepi und schien nichts an ihm auszusetzen zu haben. Er mampfte und pampfte ganz fürchterlich, daß man zunächst kein Wort verstehen konnte. Endlich stellte sich heraus, daß er immer vor den Mahlzeiten Wurstbrote aß, weil er dann nämlich das Essen stehenlassen konnte, ohne verhungern zu müssen.

»Wieso«, fragte Pepi erschrocken, »ist es so schlecht?«

»Aber nein«, sagte Fluffi, »man kann es schon hinunterbringen, ich tu's nur dem Turm zu Fleiß, nur, leider, es nützt nichts.«

Clemens bohrte ein bißchen und brachte heraus, daß Fluffi schon eine Woche hier war und aus Protest nichts aß, aber trotzdem auf rätselhafte Weise zwei Kilo zugenommen hatte. Es schien, daß Wurstbrote besonders nahrhaft waren.

»Und wer ist der Turm?« fragte Pepi.

Schorschi erklärte es ihm und fühlte sich schon ganz als alter Hase, der die neuen Zöglinge ins

Internatsleben einführt. Er kam sich sehr wichtig dabei vor.

»Ach was«, sagte Fluffi endlich, »ich werd' euch schon alles erklären. Ihr steht sowieso unter meinem Schutz. Wenn euch einer von den Großen ärgert, braucht ihr es mir nur zu sagen. Vor den langen Ferien hab' ich einen von der Sechsten zusammengeboxt, weil er nachgemacht hat, wie ich die ›f‹ sag'. Damals war der Turm übrigens recht anständig und hat einfach weggeschaut. Überhaupt, sie ist nicht übel. Es tut mir oft direkt leid, daß ich sie so viel geärgert hab'. Ihr müßt nur immer laut reden mit ihr, sie kann es nicht ausstehen, wenn man murmelt und flüstert. Vielleicht hört sie ein bißchen schlecht. Wirklich wütend wird sie nur, wenn man sie ganz frech anlügt, das rate ich euch wirklich nicht, dann wird sie der reinste Vulkan.«

Fluffi kicherte in Erinnerung an einen dieser vergangenen Ausbrüche. Dann ertönte ein Gong, und die Buben liefen hinunter in den Speisesaal.

Von allen Seiten strömten jetzt Buben herbei, große und kleine, und Fluffi sagte seinen Schützlingen so viele Namen, daß sie ganz wirre Köpfe davon bekamen. Schorschi dachte, das kann ich mir bestimmt nie merken.

Dann kamen sie in den Speisesaal und saßen an einem runden Tisch, und eine Frau ging umher und schenkte Suppe aus. Nachher gab es Wurst und Käse, und Fluffi konnte sich nicht zurückhalten und nahm auch noch einen ganz schönen Happen zu sich. Der Turm hielt eine kleine Ansprache, und plötzlich war Schorschi so müde, daß er nicht zuhören konnte, er dachte nur, sie schaut wirklich aus wie ein schiefer Turm, wenn sie den Kopf so schräg hält und die Schulter sinken läßt. Dann sah er, daß Clemens gähnte und den Kopf in die Hand stützte. Der Kleine hatte fast nichts gegessen und schien wieder recht unglücklich zu sein. Die Stimmung war überhaupt nicht fröhlich, die kleineren Buben waren alle bedrückt nach dem Abschied von daheim, nur die Schüler der letzten Klassen, die ein bißchen abgesondert in einer Ecke saßen, lachten und erzählten, und man konnte sehen, daß sie froh waren, wieder beisammen zu sein.

Dort, dachte Schorschi, an diesem Tisch, werd' ich auch einmal sitzen und so sicher und lustig sein wie diese großen Buben. Aber es war ihm kein richtiger Trost, denn er konnte sich einfach nicht vorstellen, daß er das jemals erreichen würde. Er fühlte sich müde und bedrückt und hätte alles darum gegeben, wieder daheim zu sein bei Papa und Mama, bei Katrinchen und Bettinchen, und, wenn nicht anders möglich, sogar bei Dorli.

Nachdem Fluffi sie in den Waschraum geführt hatte, gingen sie gleich zu Bett. Die Matratzen waren viel härter als daheim, und es gab keine Tuchent oder Steppdecke, sondern wollene Decken und ein sehr festes kleines Kissen. Auf jedem Nachttisch stand eine kleine Lampe. Fluffi schien noch zum Plaudern aufgelegt, aber Clemens hatte sein Licht schon abgedreht, und Pepi war eingeschlafen, sobald sein Kopf den Polster berührt hatte. Schorschi drehte auch seine Lampe aus, er hatte keine Lust mehr, sich zu unterhalten, und wandte sein Gesicht dem offenen Fenster zu. So blieb Fluffi nichts anderes übrig, als den Mund zu halten und noch ein wenig zu lesen. Bald darauf, Schorschi war schon im Einschlafen, kam der Turm und sagte: »Licht aus, Thomas; und mach ja keine Faxen! Wir haben ohnedies noch ein Hühnchen zu rupfen miteinander.«

Von Fluffis Bett her drang unterdrücktes Grollen, aber er knipste das Licht aus, und der Turm zog die Tür zu.

Jetzt war es fast ganz finster im Zimmer. Schorschi hörte kleine, erstickte Laute und wußte, daß Clemens unter seiner Decke weinte. Es war ihm selber ganz erbärmlich zumute, und er ertappte sich dabei, daß er leise durch die Nase aufzog. Das fehlte ihm gerade noch! Er biß sich in den Daumen, und der Schmerz brachte ihn wieder zur Besinnung. Es fiel ihm ein, daß in diesem Augenblick auch Dorli in einem fremden, harten Bett lag und bestimmt unter der Decke heulte. Dies erfüllte ihn mit großer Befriedigung, und er schlief auf der Stelle ein.

Einmal erwachte er mitten in der Nacht. Jemand schnarchte laut, dicht neben ihm, und vor dem Fenster schrie ein Vogel laut und hohl. Schorschi wußte ein paar Augenblicke lang nicht, wo er war, und fürchtete sich. Dann fiel ihm alles mit einem Schlag ein. Pepi schnarchte also, das war unangenehm, aber besser, als wenn alle drei geschnarcht hätten, an *einen* Schnarcher konnte er sich vielleicht doch gewöhnen. Morgen werden wir weitersehen, dachte er, jetzt kann ich unmöglich denken, und er langte nach seinem Hausschuh und warf ihn dorthin, wo er Pepis Hinterteil vermutete. Aus der Dunkelheit erklang ärgerliches Röcheln, dann wälzte Pepi sich zur Seite, und es klang, als drehte sich ein Walfisch um. Aber das Schnarchen war verstummt. Befriedigt zog Schorschi die Decke über die Schulter und versuchte wieder einzuschlafen. Er dachte an Bettinchen und Katrinchen, wie sie, die Daumen im Mund und mit feuchten Locken auf der Stirn, in ihren Bettchen schliefen. »Wenn sie schlafen, sind sie die reinsten Engel«, hatte Mama immer gesagt. Schorschi mußte im Halbschlaf grinsen, und gleich darauf war er weg und wußte nichts mehr von sich.

Die Schulzimmer lagen im zweiten Stock, schöne, große Räume mit großen Fenstern auf den Park hinaus. Die Sonne schien ins Klassenzimmer und ließ alles viel freundlicher erscheinen. In Schorschis Klasse waren 28 Buben, der größte war natürlich Fluffi, der ja zwei Jahre älter war als die andern. Er schritt gleich auf seinen alten Platz zu, auf dem er schon zwei Jahre lang gesessen war, auf den letzten Platz in der letzten Bank, gleich neben dem Fenster.

Man sah es seinem Pult auch an. Fluffi hatte sich ganz schön die Zeit vertrieben und mit seinem Taschenmesser verschiedene Figuren ins Holz geschnitten; einige Affen gab es da zu sehen, die auf einem Ast baumelten, unendlich langgezogene Dackel und mindestens zwanzig Gesichter, sehr düstere Gesichter mit tiefeingekerbten Falten, traurig hängenden Schnauzbärten und geschlitzten Mongolenaugen. Alle diese Kunstwerke hatte Fluffi mit farbiger Tusche nachgezogen, und sie waren jetzt wirklich sehenswert.

»Für diese Bank«, erzählte er gerade seinen staunenden Mitschülern, »haben meine Alten schon ganz schön bezahlen müssen. Aber diesmal haben sie in den Ferien das Pult gar nicht abgehobelt und gestrichen, wahrscheinlich rechnen sie damit, daß ich ohnedies das letzte Jahr hier bin.«

»Warum schnitzt du denn immer das gleiche Gesicht?« fragte Clemens.

»Weil es mir gefällt«, behauptete Fluffi, »es ist mein Ideal, genauso möchte ich auch einmal ausschauen, wenn ich erwachsen bin.« Und nach einer kleinen Pause fügte er ein wenig verlegen hinzu: »Außerdem kann ich gar kein anderes Gesicht schnitzen, ich kann überhaupt nichts als Affen, Dackel und dieses Schnauzbartgesicht.«

Schorschi dachte, daß Fluffi, was immer man über ihn sagen mochte, wenigstens nicht log, und das gefiel ihm.

»Wo werden wir denn sitzen?« erkundigte sich Clemens und rannte wie ein Wiesel zwischen den Bänken umher.

»Weiß nicht«, sagte Fluffi, »aber wenn ich alle eure Namen wüßte, könnte ich es jetzt schon sagen. Nur, es ist mir viel zu fad. Ihr müßt schon abwarten, bis der Waschl kommt. Schließlich bin ich nicht euer Bummerl.«

Ganz plötzlich schien er jede Lust auf Unterhaltung verloren zu haben, stellte sich ans Fenster und sah hinaus auf den Park.

Schorschi trat neben ihn und fragte: »Weißt du, was für ein Vogel das ist, der heute nacht im Park geschrien hat?«

Aber Fluffi war in düsteres Schweigen versunken, mit gerunzelter Stirn, die dunklen Haare ins Gesicht hängend, biß er an seinem Daumen.

Schorschi zog sich zurück. Fluffi sah so wild und unglücklich aus, daß es bestimmt besser war, wenn man ihn in Ruhe ließ. Schrecklich mußte es sein, jedes Jahr sitzenzubleiben und alle seine Freunde zu verlieren. Hoffentlich geht es mir nicht auch so, dachte Schorschi, und es wurde ihm ganz kalt bei dem Gedanken.

Hinter ihm erscholl das Geschrei der Buben, es war ein ziemlicher Lärm, aber kein einziger Bub kreischte wie Dorli, daß einem die Ohren weh taten. Plötzlich ertönte eine Glocke, laut genug, um selbst Fluffi aus seinem Brüten aufzuscheuchen. Die Tür schwang auf, und herein trat ein Mann, der von Kopf bis Fuß grau war, nicht nur sein Anzug und seine Haare waren grau, nein, auch seine Haut hatte einen grauen Ton. Der Anzug war ihm ein bißchen zu groß, so, als wäre der Mann einmal dicker gewesen und auch größer, aber das, dachte Schorschi, war wohl nicht gut möglich, vielleicht hatte er den Anzug von seinem großen Bruder geerbt. Der graue Mann trat aufs Podium, klatschte in die Hände, und es wurde still im Klassenzimmer.

»Ihr seid also meine neue Klasse«, sagte er. »Ich werde mich schon mit der Zeit an euch gewöhnen. Ich bin euer Klassenvorstand, und ihr könnt euch mit allem an mich wenden, es sei denn, es handelt sich um ausgesprochenen Unsinn, dafür bin ich nicht zuständig. Ich heiße Emmerich Waschl, und daß ich ziemlich große Ohren habe, werdet ihr bestimmt schon bemerkt haben. Weil wir nicht Zeit haben, das ganze Jahr darüber zu lachen, lacht jetzt einmal laut und kräftig, und dann nicht wieder. Na, los, lacht schon!«

Die Buben schwiegen betroffen, endlich kicherte einer ganz leise, dann platzte Pepi laut heraus, und endlich lachten sie alle, wie befreit von einem fürchterlichen Zwang.

Der Professor sah auf seine Armbanduhr, und nach einer Weile sagte er: »So, das genügt, und jetzt zur Sache. Wir werden immer alles ganz systematisch machen, und damit fangen wir gleich bei der Sitzordnung an. Ich setze euch einfach nach dem Alphabet. Ich lese eure Namen vor. Der erste setzt sich hier zum Fenster, und dann geht es weiter bis zur Tür und wieder zurück zum Fenster, und immer so weiter. Einfach und sinnvoll, nicht wahr? Fluffi, du kannst dich schon auf deinen alten Platz setzen, wahrscheinlich heißt du immer noch Zollinger.«

Fluffi grinste und ließ sich auf seinen Sessel niederplumpsen.

»Also, wir fangen an«, sagte der Professor. »Angerer, Adamek, Binder, Böll, Cermak, Cziba, Dübler, Daiminger, Eglmayer, Fieber«, und er zählte alle Buben der Reihe nach auf, bis er bei dem immer noch grinsenden Fluffi Zollinger landete.

Schorschi hatte Glück und kam neben dem Fenster zu sitzen. Dies schien ihm ein guter Anfang zu sein, denn da draußen in den Bäumen gab es bestimmt sehr interessante Lebewesen zu sehen, Eichhörnchen und vielleicht sogar Spechte, er hoffte es jedenfalls sehr. Neben ihm saß ein Bub, der ihm nicht besonders gefiel und der einen sonderbaren Geruch ausströmte. Er wäre lieber neben einem seiner neuen Freunde gesessen, aber nach Professor Waschls System war das ganz unmöglich. Immerhin hatte er den Fensterplatz, und den konnte ihm niemand nehmen.

Endlich saßen alle Schüler auf ihren Plätzen, wetzten auf der Bank oder scharrten mit den Füßen, einige taten sogar beides.

»Hört gut zu, ihr Burschen«, sagte Professor Waschl, »bei mir wird nicht gescharrt und nicht gewetzt und auch nicht geschwätzt. Je lauter ihr nämlich werdet, meine Lieben, desto leiser werde ich, so«, und er senkte seine Stimme zu einem Flüstern, »und ihr werdet mich nicht verstehen können, und bei der Prüfung werdet ihr nichts wissen, und endlich werdet ihr sitzenbleiben wie mein lieber Freund Fluffi. Ich verlange wenig von euch, anständiges Benehmen und Ruhe, während ich vortrage, und natürlich, daß ihr lernt. Dazu sitzt ihr ja auf euren Hosenböden und kostet eure Eltern eine Menge Geld. Habt ihr mich verstanden?«

»Das sagt er jedes Jahr«, flüsterte Fluffi hinter Schorschi, »immer genau das gleiche. Er kann schon alles auswendig, bestimmt ist er schon fünfzig Jahre.«

Der Professor legte seine Hand hinter ein wirklich bemerkenswert großes Ohr und sagte: »Fluffi, hör auf zu reden. Diese Ohren hat mir Gott nicht nur gegeben, damit ihr was zu lachen habt, sondern damit ich euch besser hören kann. So, und jetzt nehmt einen Bleistift oder eine Füllfeder und schreibt auf einen Zettel, was ihr alles für meine Stunde bringen müßt. Ja, und den Stundenplan habe ich auch schon mit und werde ihn gleich auf die Tafel schreiben.«

»Der wird noch zehnmal umgestoßen«, zischte Fluffi in Schorschis Ohr.

Sofort kam es von der Tafel her: »Fluffi, du schreibst dreimal das Hausschwein ab.«

Fluffi verstummte seufzend, und Schorschi dachte, daß es doch eigentlich sehr praktisch sein mußte, so große Ohren zu haben und alles zu hören. Vielleicht war es nicht besonders schön, aber sein Vater sagte immer: »Ein Mann braucht nicht schön zu sein, nur gescheit und tüchtig.«

Er, Schorschi, war ja auch bestimmt keine Schönheit, mit diesem Struwwelkopf, den man unmöglich glattkämmen konnte. Drei Wirbel auf einem einzigen Kopf waren schon ein bißchen viel! Und diese Wirbel waren für ihn nicht von geringstem Nutzen; man mußte sie einfach hinnehmen, genau so, wie Professor Waschl seine Ohren und Clemens seine knallroten Haare.

Inzwischen hatten die Buben den Stundenplan abgeschrieben. Nur Pepi malte noch auf seinen

Zettel, mit einer sehr schönen Schrift und ganz langsam. Er schien ein Gründlicher zu sein. Schorschi war schon längst fertig und sah jetzt neugierig um sich. Er war einer der größten Buben, nur fünf waren noch größer als er, und natürlich Fluffi, aber der zählte ja nicht mit, weil er älter war.

Der kleinste war Clemens. Er saß in der ersten Bank, gleich bei der Tür, und sah besonders winzig und erbarmungswürdig aus, weil er neben einem dicken weißblonden Buben saß, der fast so groß war wie Fluffi. Professor Waschls Sitzordnung hatte entschieden auch ein paar Nachteile. Clemens würde sich mit seinem Los abfinden müssen, vielleicht war sein Nachbar nicht so übel, wie er auf den ersten Blick aussah. Schorschi beschloß, sich in der Pause ein wenig um Clemens zu kümmern. Ein Glück, daß Pepi keinerlei Hilfe brauchte. Er saß zwei Reihen vor Schorschi und scherte sich nicht im geringsten um seine Nachbarn, sondern malte noch immer an seinem Stundenplan herum.

Endlich hieß es »Aufstehen«, und Professor Waschl verließ unter heftigem Sesselrücken und Scharren der befreiten Buben das Klassenzimmer. Die Glocke läutete, und Fluffi schrie: »So jetzt könnt ihr euch wieder unterhalten, aber auf den Gang dürfen wir erst in der Zehnuhrpause.«

Schorschi drehte sich zu ihm um und fragte: »Wie ist er denn, unser Klassenvorstand?«

»Ach«, sagte Fluffi, »der Waschl ist ganz in Ordnung. Eigentlich kann ich ihn gut leiden, soweit ich überhaupt jemand leiden kann«, und er rollte drohend seine braunen Augen.

»Mußt du wirklich eine Strafe schreiben?« fragte Schorschi.

»Ja«, sagte Fluffi, »das Hausschwein muß ich vom Naturgeschichtsbuch abschreiben. Ich hab' jedes Vieh schon so oft abschreiben müssen, daß ich das Buch fast auswendig kann. Der Waschl wirft die Zettel dann in die Lade, und ich hol' sie mir später wieder heraus. Bestimmt hab' ich in meinem Studierpult noch ein Hausschwein.«

Schorschi mußte Fluffi bewundern, ob er wollte oder nicht, weil er so weltgewandt und erwachsen war. Und wie er redete, einfach »der Turm« und »der Waschl« und »meine Alten«. Er benahm sich gerade so, als fürchtete er gar nichts auf der Welt. Anderseits war er zweimal sitzengeblieben, und das war recht unverständlich. Dieses Geheimnis mußte Schorschi unbedingt ergründen, aber gerade, als er den Mund auftun wollte, kam der Turm ins Klassenzimmer, stieg seufzend die kleine Stiege hinauf und ließ sich mit Getöse in den Sessel fallen. Für eine Frau war der Turm wirklich riesengroß. Schorschi jedenfalls hatte noch nie eine so große Frau gesehen. Und bestimmt hatte sie sich am Morgen, wie alle anderen erwachsenen Leute, frisiert, aber jetzt waren ihre weißen Lokken schon wieder arg zerzaust, und das kam daher, daß sie sich immer, wenn sie nachdachte, mit den gespreizten Fingern durch die Haare fuhr. Sie stöhnte ein bißchen, las die Namen der Schüler herunter und knirschte hörbar mit den Zähnen beim Anblick des blonden Riesen neben Clemens. Fluffi klärte Schorschi flüsternd auf: Der Turm ärgerte sich jedes Jahr furchtbar über Professor Waschls Sitzordnung, konnte aber in seiner Klasse nichts dagegen tun. »Überhaupt«, sagte Fluffi, »sind sie aufeinander wie Hund und Katze.«

Es stellte sich heraus, daß der Professor ein alter Junggeselle war und im Internat wohnte. In seinen zwei Zimmern hielt er eine Menge Fischchen in einem Aquarium, zwei Kanarienvögel und zwei Schildkröten namens Flip und Flop, die mitunter entwischten und zum Gaudium der Buben auf dem Gang oder in einem der Schlafzimmer auftauchten. Einmal hatte der Professor auch drei junge Igel aufgezogen, deren Mutter wahrscheinlich auf der Straße verunglückt war. Und damals hatte es einen fürchterlichen Krach gegeben, weil ein Bub die Igel gestohlen und dem Turm ins Bett gesetzt hatte. Den Igeln war zum Glück nichts passiert, aber der Turm war so erschrocken, daß er dem Übeltäter eine Ohrfeige versetzte, was eigentlich nicht erlaubt war, aber von allen Buben gebilligt wurde. Die Igel waren nämlich äußerst beliebt, und die Vorstellung, daß der Turm sich auf sie hätte legen können, war so grausig, daß in der Zehnuhrpause eine Abordnung seiner Klasse den Bösewicht im Besenzimmer mit einem Bartwisch verdrosch. Außerdem mußte er, auf Anordnung des empörten Professors Waschls, achtzigmal den Igel vom Naturgeschichtsbuch abschreiben. Damit war er ganz schön lange beschäftigt gewesen.

Jedenfalls hatte diese Igelgeschichte die Beziehungen zwischen den beiden Lehrern nicht verbessert, und es schien auch in Zukunft keine Besserung möglich, denn der Professor würde sich nie von seinen Tieren trennen, und der Turm würde sich an diesen Zustand nie gewöhnen.

Schorschi hörte diese Geschichte mit Staunen und schenkte seine Bewunderung sofort dem tierliebenden Professor Waschl. Nach dem gestrigen Heimwehanfall war er heute zum erstenmal froh, in dieses Internat gekommen zu sein. Sein Vater hatte wirklich damit recht gehabt, daß hier immer etwas los war. Er konnte sich gar nicht mehr vorstellen, daß er am Abend im Bett beinahe geheult hatte. Nein, dazu konnte es bestimmt nie mehr kommen. Das Heimweh war endgültig vorüber.

Der Turm war jetzt mit dem Abzählen der Buben fertig geworden und verkündete, daß jeder Schüler seine Bücher und Hefte zwischen zwei und vier Uhr in der Bibliothek holen könne; vom Atlas bis zum Löschblatt gab es dort alles zu kaufen. Die Buben mußten aber nicht bezahlen, sondern alle Schulsachen wurden auf ihre Rechnung gesetzt. Dann erhob sich der Turm schnaufend zu seiner ganzen unglaublichen Länge und stapfte zur Tür hinaus, nicht ohne die Buben ermahnt zu haben, bis zur Zehnuhrpause halbwegs still zu sein.

»Sie muß in alle Klassen«, erklärte Fluffi, »ein leichtes Leben hat sie wirklich nicht. Aber sie schaukelt das alles, ich glaub', es macht ihr Spaß, daß sie uns alle herumkommandieren kann. Na ja, aber sie ist doch eine gute Haut. Zu mir war sie immer recht anständig, und ich war bestimmt zeitweise überhaupt nicht auszuhalten.«

Schorschi faßte Mut und fragte: »Warum bist du denn gleich zweimal sitzengeblieben?«

Er war auf alles gefaßt, aber Fluffi schien offenbar gar nicht böse zu sein über diese Frage. Er beugte sich vor und zischte in Schorschis Ohr: »Ich bleib' sitzen, damit sich meine Alten ärgern«, dazu lachte er, wie nach Schorschis Vorstellung der Teufel lachen mußte.

Schorschi war entsetzt. Ja, konnte es denn wirklich ein so böses Kind geben? Vor Entrüstung konnte er gar nicht gleich antworten. Fluffi schien dies zu freuen.

»Ja«, wiederholte er, »damit sie sich recht ärgern. Und weißt du, warum? Sie kümmern sich nicht um mich, und sie mögen mich gar nicht. Warum, weiß ich auch nicht, aber so ist es.«

»Unsinn«, sagte Schorschi. »Alle Eltern mögen

ihre Kinder. Sie mögen sogar solche Kinder wie meine Schwester Dorli. Das kannst du mir glauben.«

»Du bist ein rechtes Baby«, sagte Fluffi verächtlich. »Was weißt du schon von Erwachsenen? Ich hab' sie studiert jahrelang. Glaub mir, sie sind fast alle nicht zu begreifen. Meine Eltern haben einen Haufen Geld, und das soll alles einmal mir gehören, aber ich reiß' mich gar nicht darum. Papa ist fast nie daheim, er sagt, er hat so viel Arbeit, und deshalb ist meine Mutter fast immer auf Reisen. Es ist ihr daheim einfach fad. Weißt du, auf Mama bin ich nicht so böse wie auf Papa, sie will halt ein bißchen Spaß haben, und das kann ich verstehen. Sie könnte mich aber doch einmal besuchen, sie tut's aber nie. Und Papa hat ja angeblich keine Zeit. Er schickt mir nur Geld, und nie schreibt er einen Brief. Feine Eltern hab' ich, das kannst du mir glauben. Ehrlich, ich bin schon viel lieber hier als daheim. Aber damit sie sich bestimmt ärgern, bleib' ich heuer wieder sitzen, du wirst schon sehen!«

Er zog die Stirn kraus und fing an, seinen Daumen mit den Zähnen zu bearbeiten. Plötzlich sah er gar nicht mehr teuflisch aus, sondern wie ein sehr unglücklicher kleiner Bub, der zufällig in diesen großen, starken Körper gesperrt war.

Schorschi war verwirrt. Fluffi, wenn er nicht log, und eigentlich sah er nicht so aus, war wirklich zu bedauern. Gleichzeitig aber war es auch höchst aufregend. Wer weiß, was er in der nächsten Zeit noch alles hören würde.

»Jetzt kommt der Rex«, sagte Fluffi und hörte auf, seinen Daumen zu peinigen. »Der tut recht streng, aber er hat Angst vor dem Turm, weil der Turm besser Schach spielen kann. Der Rex verliert acht von zehn Spielen, und das wurmt ihn sehr.«

»Heißt er wirklich Rex?« fragte Schorschi, »oder ist das ein Spitzname?«

»Das ist der Direktor, du Blödel«, sagte Fluffi ein wenig ungeduldig, »wir haben ihn in Englisch und Deutsch. Er soll riesig gescheit sein und schreibt Artikel in einer Zeitung, ich hab' nie einen gesehen. Aber wenn er noch so gescheit ist, der Turm kann besser Schach spielen, und das ist ein ständiger Ärger für den Rex.«

»Woher weißt du denn das alles?« fragte Schorschi.

»Ach«, sagte Fluffi großartig, »das weiß hier ein jeder, und wenn du eine Zeit da bist, weißt du's auch. Hier wird nämlich furchtbar viel getratscht.«

Der Rex war ein großer, vornehm aussehender Herr. Er war nicht mehr jung, hatte gewellte weiße Haare und sah aus, als könnte er niemals zerrauft und unrasiert sein. Ja, man konnte sich beim Anblick seiner blütenweißen Manschetten und seiner messerscharfen Bügelfalten nicht vorstellen, daß er, wie alle andern Leute, sich am Abend ausziehen und zu Bett gehen mußte. Bei ihm gab es kein Scharren und Wetzen, und nicht einmal Fluffi sagte auch nur ein Wort. Der Direktor bemühte sich zwar, wohlwollend und freundlich zu sein, aber jeder wußte sofort, daß er ein richtiger Direktor war, in dessen Nähe man ganz brav und mucksmäuschenstill sein mußte. Er blieb nur fünf Minuten in der Klasse, und bald, nachdem er gegangen war, läutete die Glocke zur Zehnuhrpause.

Fluffi sprang auf und rannte als erster auf den Gang hinaus.

»Komm mit«, rief er Schorschi zu, »wir gehn zum Rabl.«

Schorschi lief hinter ihm her und hatte Mühe, ihn in dem Gewühl von Buben, die jetzt aus allen Klassen strömten, nicht aus den Augen zu verlieren. Sie liefen bis zum Ende des langen Ganges, wo sich schon einige Schüler um einen Tisch drängten, der mit Milch- und Kakaoflaschen, Kipferln, Mohnweckerln und knusprigen Semmeln beladen war. Hinter dem Tisch stand ein großer Mann mit blondem, gekraustem Haar und lustigen blauen Augen und verteilte das Frühstück. Jeder Bub konnte sich eine Flasche Milch oder Kakao und ein Gebäck nehmen; wenn er mehr davon wollte, mußte er dafür von seinem Taschengeld bezahlen.

»Servus, Fluffi«, sagte der Riese freundlich,

»schön, daß du doch wieder gekommen bist. Das Mathilderl hat dich schon sehr vermißt. Sie fragt immer noch nach dir.«

»Grüß Gott, Herr Rabl«, sagte Fluffi ganz manierlich. »Ich komm' heut noch zu Ihnen, ich bin schon eine Woche da, aber Sie waren ja verreist.«

»Ja«, sagte Herr Rabl, »in Kärnten, bei den Verwandten.«

Er hätte sicherlich noch gern von seinem Urlaub erzählt, aber Fluffi und Schorschi wurden von den hungrigen Buben einfach weggedrängt. So stellten sie sich in eine Fensternische und ließen sich ihren Kakao und die Rosinenkipferl gut schmecken. Fluffi erzählte Schorschi, daß Herr Rabl der Schuldiener war. Seine Frau half in der Küche mit, und beide waren sehr nett und verpetzten niemals einen Buben. Mit jeder Bitte konnte man zu Herrn Rabl kommen, und seine Frau hatte ein ganz besonderes Putzmittel, mit dem sie sogar Farbflecken aus der Hose brachte.

»Sie haben ein Kind«, sagte Fluffi, »das Mathilderl. Ich geb' ihr immer Schokolade und Zuckerln. Sie schaut sehr herzig aus, mit so riesigen braunen Augen, und immer hat sie einen Daumen im Mund.«

»Ich hab' auch zwei kleine Schwestern, drei Jahre sind sie alt«, sagte Schorschi, gegen seinen Willen, eigentlich hatte er nichts von ihnen erzählen wollen.

»Wieso zwei«, fragte Fluffi. »Meinst du Zwillinge?«

»Ja«, sagte Schorschi kurz.

»Das muß fein sein«, sagte Fluffi. »Ich möchte gleich ein paar kleine Schwestern, so wie das Mathilderl, von mir aus auch einen Bruder, aber der wär' vielleicht so wie ich, und dann könnten ihn meine Alten auch nicht gernhaben. Und du hast gleich zwei Schwestern!«

»Drei«, entschlüpfte es Schorschi.

»Was«, rief Fluffi, »Drillinge?«

»Aber nein«, beteuerte Schorschi. »Die dritte ist so alt wie ich und heißt Dorli. Sie ist fürchterlich, den ganzen Tag singt sie oder spielt Mundharmonika, und wenn man ihr nur ein ganz kleines Tapperl gibt, schreit sie wie am Spieß, damit mein Vater ihr schöntut und sie tröstet. Wir kriegen nur Zwillinge.«

»Das ist eine Veranlagung«, sagte Fluffi weise. »So wie manche Leute Heuschnupfen kriegen, oder Ausschlag, wenn sie Erdbeeren essen, so kriegt ihr immer nur Zwillinge.«

Schorschi wußte nicht, ob er dies als Beleidigung auffassen sollte. Wenn er auch Dorli nicht sehr mochte, sollte sie doch kein Fremder mit Heuschnupfen oder einem Ausschlag vergleichen, und schon gar nicht Bettinchen und Katrinchen. Aber Fluffi schien es offenbar nicht böse gemeint zu haben, und Schorschi fand, er müsse nicht gleich am ersten Schultag für die Ehre seiner Schwestern eintreten und mit einem so viel stärkeren Buben zu raufen anfangen. Aber er wollte Fluffi immerhin zeigen, daß er leicht verstimmt war.

»Ich geh' meine Flasche zurücktragen«, sagte er steif.

»Aber komm wieder«, schrie Fluffi ihm nach, »und erzähl mir von euren Zwillingen«, und er wandte sich einem anderen Schüler zu und verwickelte ihn in ein Gespräch über das Bogenschießen. Dann läutete auch schon die Glocke, und die Buben beeilten sich, in ihre Klassenzimmer zu kommen.

An diesem Vormittag lernte Schorschi noch den Mathematikprofessor kennen, einen mageren jungen Mann, der Schnupfen hatte und heiser war. Da seine Augen ganz rot waren und seine Nase verschwollen war, konnte man nicht recht sehen, wie er wirklich aussah. Schorschi verstand auch schlecht, was er sagte. Er drehte sich um und flüsterte: »Wie heißt er denn?«

»Aumayer«, kam Fluffis Antwort, »aber alle nennen ihn Schnüffel, weil er das ganze Jahr Schnupfen hat. Das Klima hier behagt ihm nicht, viel zuviel Wasser in der Nähe. Dabei hat er wirklich schon alles versucht, sogar eine Injektionskur. Hast du schon einmal eine Spritze bekommen?«

Schorschi nickte. Er dachte nicht gern an diesen Vorfall. Er hatte danach ein paar Tage nur auf der linken Seite liegen können.

»Dreißig Spritzen«, berichtete Fluffi weiter, »hat ihm der Arzt gegeben. Der arme Schnüffel war schon so durchlöchert wie ein Sieb. Ich hab' es selber gesehen, er hat mir seinen Oberarm gezeigt, lauter rote Punkte. Dabei hat es gar nichts genützt. Schade, daß er den Schnupfen nicht loswird. Er hat nämlich eine Zeitlang singen gelernt, aber mit diesem Schnupfen kann er natürlich nie singen, nur Klavierspielen.«

Schorschi betrachtete den armen Professor Schnüffel mißtrauisch. Wie, wenn er plötzlich den Schnupfen verlieren sollte und wieder singen würde? Nun, auf keinen Fall konnte ein Mann so schrille Töne ausstoßen wie Dorli, und ein Klavier klang viel besser als eine Mundharmonika.

»Wo steht denn das Klavier?« erkundigte er sich.

»Es gibt zwei Klaviere«, belehrte ihn Fluffi, »eines steht im Musikzimmer und ist nicht viel wert, dort üben die Anfänger, und das zweite steht in der Bibliothek und wird nur von den Lehrern und ein paar Leuten aus der Siebten und Achten benützt. Laß dir ja nicht einfallen, es anzufassen, das macht den Schnüffel wild. Das Klavier bewacht er wie ein Schäferhund.«

Professor Schnüffel redete und redete, und

rundherum schwätzten die Buben und hörten ihm nicht zu. Auch Fluffi plauderte leise weiter.

»Hast du bemerkt«, sagte er, »daß der Clemens eine musikalische Nase hat?«

»Nein«, sagte Schorschi, »wie schaut denn eine musikalische Nase aus? Ich hab' gar nicht gewußt, daß es an der Nase liegt.«

»Niemand hat das bisher gewußt«, brüstete sich Fluffi, »das ist meine Entdeckung. Alle Leute mit langen, schmalen Nasen sind musikalisch. Schau dir nur den Schnüffel an.«

Schorschi tat es, wirklich, der Professor hatte eine ziemlich lange Nase, vielleicht war sie auch schmal, wenn er gerade nicht verschnupft war. Dorli aber hatte eine kurze, dicke Nase, also war sie gar nicht musikalisch, sondern gab sich nur dafür aus, um ihn besser ärgern zu können. Im Internat würden sie ihr hoffentlich das Gekreisch austreiben.

Plötzlich merkte Schorschi, daß er furchtbar müde war. Die Sonne schien genau auf seinen Kopf, und auf seinem Pult ging eine gelbe Wespe spazieren. Er mußte auf einem Zettel aufschreiben, was er alles für Mathematik benötigte. Hefte, Lineale, Winkelmesser und Zirkel und eine Menge Bleistifte. Er schrieb und schrieb, und dann konnte er es selber nicht lesen, so ein greuliches Gekritzel war es. Er mußte gähnen. Der Professor redete noch immer, und die Wespe putzte ihre Flügel mit den Beinen und tat sehr sonderbare Dine mit ihren Fühlern. Sie bewegte sich wie eine Gummifrau, die Schorschi einmal im Zirkus gesehen hatte. Dann ging die Stimme des Professors ganz weit weg, und die Wespe verschwamm zu einem gelben Fleck.

Jemand rüttelte Schorschi, und rund um ihn herrschte großer Lärm. Er wußte nicht gleich, wo er war, und als es ihm einfiel, fühlte er sich gar nicht mehr lustig. Schlaftrunken rappelte er sich auf, und mit einem Schlag hatte er genug von der Schule und vom Internat. Er wollte heim zu seiner Mutter und weg von den vielen fremden Buben, weg aus diesem riesigen Haus. In seinem Magen war ein leeres Gefühl, obgleich er doch eben erst sein Fühstück gegessen hatte, und in seinem Hals spürte er ein verdächtiges Kratzen. Er schluckte und schluckte, und dann schneuzte er sich und ließ sich inmitten der Bubenschar dahintreiben. Irgendwo schrie Fluffi: »Auf zum Mittagsfraß!«, und gleich darauf ertönte die Stimme des Turms: »Halt den Schnabel, Thomas, und werde mir ja nicht wieder frech. Sonst wirst du mich endlich kennenlernen.« Jemand kicherte im Hintergrund, und der Turm grollte: »Ich bitte mir Ruhe und anständiges Benehmen aus; besonders von den Großen, die ein Vorbild sein sollten.«

Als sie dann endlich im Speisesaal um ihren Tisch saßen, konnte Schorschi seine Suppe nicht essen, weil er sie einfach nicht hinunterbrachte: Sein Hals war wie zugeschnürt. Er wußte, daß Clemens ihm gegenüber saß, aber er wagte nicht, ihn anzusehen, womöglich heulte der schon wieder und, wer weiß, womöglich mußte er dann mitheulen, und das war einfach nicht auszudenken. So blinzelte er zu Pepi hinüber, der, ruhig und rosig, seine Suppe löffelte. Sein Anblick wirkte beruhigend auf Schorschi.

»Hörst du, Pepi«, sagte er und hoffte, daß seine Stimme nicht belegt klang. »was habt ihr daheim immer zu essen bekommen?«

Pepi schleckte sich genießerisch die Lippen ab und sagte: »Meistens Knödel, die mögen wir alle am liebsten: Grammelknödel, Speckknödel, Zwetschken- und Marillenknödel, und zum Schweinernen Semmel- oder Erdäpfelknödel und, ah ja«, und er seufzte in der Erinnerung, »Leberknödel sind meine Lieblingsspeise, Leberknödel mit Sauerkraut.«

»Nein«, sagte Fluffi, »die wirst du hier nicht bekommen, das ist viel zuviel Arbeit bei so vielen Leuten.«

»Macht auch nichts«, sagte Pepi, »dafür schmecken sie mir dann daheim wieder umso besser.«

Der kleine Clemens kicherte leise vor sich hin.

»Was gibt's denn da zu lachen?« erkundigte sich Pepi.

»Ach, nur so«, sagte Clemens, »weil ihr so viel Knödel eßt daheim. Wir essen nie Knödel. Mama sagt, das ist viel zu schwer, bei uns gibt's nur gegrilltes Fleisch und Gemüse. Weil das nämlich viel gesünder ist.«

»Gar so gesund kann das nicht sein«, sagte Pepi freundlich, »sonst wärst du nämlich nicht so ein Spatz, ein winziger.«

Es klang so gutmütig, daß Clemens selber darüber lachen mußte. Auch Schorschi merkte, daß er schon wieder mitlachen konnte. Was für ein Glück, dachte er, daß es diesen Pepi gibt, und er beschloß, ihm eines seiner drei sorgsam gehüteten Taschenmesser zu schenken.

Inzwischen war Schorschi der Schlaf wieder ganz vergangen, und er lief mit den andern Buben in den Park zum Fußballspielen. Fluffi besaß einen Ball und fing gleich an, eine Mannschaft aufzustellen. Schorschi wurde Mittelstürmer, Pepi Rechtsaußen, und Fluffi stand im Tor, und natürlich war er der Mannschaftskapitän. Nur Clemens weigerte sich, zu spielen, und trollte sich in den Park. Schorschi befürchtete, der Kleine werde sich irgendwo verkriechen und Trübsal blasen. Aber er konnte nicht weg vom Spiel, und er dachte, es sei vielleicht ganz gut für Clemens, wenn er ein bißchen allein sein konnte. Zwei Minuten darauf hatte er ihn ganz und gar vergessen und dachte nur noch an das Spiel.

Überall auf dieser Wiese wurde Fußball gespielt, und die Luft hallte wider vom Geschrei der vielen Buben. Schorschi schlug sich das Knie auf, wischte sich das Blut mit dem Taschentuch ab und rannte weiter.

Um drei Uhr kam der Turm angestapft und rief: »Aufhören! Aufhören! Jetzt geht ihr in die Bibliothek, eure Schulsachen holen, und dann gibt's Butterbrot und Apfelsaft.«

Fluffi schimpfte ein bißchen über die Störung, aber dann nahm er seinen Ball unter den Arm und trabte seiner Mannschaft voraus auf das Haus zu.

Dann geschah etwas sehr Aufregendes. Drei Buben, später sollte Schorschi erfahren, daß es die drei Rotznasen aus der Dritten waren, schlichen sich an Fluffi heran. Einer schlug ihm den Ball weg, der andere stellte ihm ein Haxel, und der dritte sprang ihn von hinten an. Fast wäre Fluffi gestürzt, aber er konnte sich gerade noch fangen, dann ging es den Übeltätern schlecht. Schorschi sah mit Staunen, wieviel die drei aushalten konnten und wie sie, obwohl drei gegen einen, gegen Fluffi nichts auszurichten vermochten. Jawohl, Fluffi war ein großer Kämpfer! Schließlich hinkten die Rotznasen leise jaulend davon. Fluffi blutete aus einer geplatzten Lippe, klemmte aber stolz seinen Ball wieder unter den Arm und trabte ruhig weiter.

Der Turm stand unter der Eingangstür und rief:

»Schuhe abputzen, ihr Ferkel! Daheim dürft ihr auch nicht mit schmutzigen Schuhen in die Wohnung. Und in der Halle zieht ihr sofort eure Hausschuhe an. Jeden Abend nach dem Essen werden hier eure Schuhe geputzt.«

Jemand fragte mit einem dünnen Stimmchen: »Von wem, bitte?«

Der Turm lachte laut heraus: »Von euch natürlich! Ich hoffe, du bist nicht zu schwach zum Schuheputzen, dann müßte ich dich nämlich gleich wieder zu deinen Eltern heimschicken.«

Dann sah sie Fluffi und stieß einen tiefen Seufzer aus.

»Thomas«, sagte sie, »du übler Raufbold, wasch dir wenigstens das Blut vom Gesicht.«

Fluffi brummte irgend etwas, aber Schorschi merkte deutlich, daß der Turm Fluffi ganz gern hatte und daß auch Fluffi den Turm gut leiden konnte, es aber nicht zeigen mochte. Er schämte sich wohl zu sehr. Schorschi kannte diesen Zustand recht gut. Er wäre oft gerne seiner Mutter um den Hals gefallen, aber dann war es, als hielte ihn jemand fest und ließe es einfach nicht zu. Es war lächerlich, aber Schorschi fing an, sich um Fluffi ein bißchen Sorgen zu machen. Er mußte ihn dazu bringen, daß er diesmal nicht sitzenbleiben wollte. Wenn er nämlich wieder sitzenblieb, mußte er bestimmt die Schule verlassen und konnte nächstes Jahr die Mannschaft nicht mehr führen, und das wäre doch ein großer Jammer gewesen. Außerdem wäre es bestimmt besser für Fluffi, er würde sich mit seinen Eltern versöhnen. Irgend etwas mußte in dieser Sache geschehen: Schorschi konnte sich nur noch nicht vorstellen, was, aber vielleicht würden ihm Pepi und Clemens eine Hilfe sein.

Als Schorschi an diesem Abend in sein Bett kroch, war er so müde, daß er einschlief, sobald er sein Licht abgedreht hatte. Am Morgen erwachte er erst, als der Turm ihn rüttelte und schüttelte, und bildete sich ein, nicht länger als fünf Minuten geschlafen zu haben.

»Das ist wirklich komisch«, sagte er unter der Dusche zu Fluffi, »manchmal ist die Zeit so lang und manchmal so kurz. Verstehst du das?«

»Nein«, schrie Fluffi unter Wasserbächen heraus und bearbeitete seinen Bauch mit einem Schwamm, »wovon redest du denn überhaupt?«

Der kleine Clemens mischte sich ein und schrie: »Fluffi, du bist ein Dummkopf. Ich weiß genau, was Schorschi meint. Wenn mein Vater hier wäre, der könnte es uns erklären. Mein Vater ist sehr gescheit, er ist ein Experte und könnte euch sogar über Atome alles erzählen.«

»Was ist denn ein Experte?« erkundigte sich Schorschi.

»Ein Mensch, der sich in irgendeiner Sache ganz genau auskennt«, belehrte ihn Clemens ein wenig hochnäsig. »Ihr wißt wirklich alle miteinander nicht viel. Aber ich werde euch schon alles beibringen.«

»Auf dich haben wir gerade gewartet, du Wanze«, schrie Fluffi verärgert, »wenn du nicht so winzig wärst, würde ich dich gern einmal übers Knie legen, dafür bin nämlich *ich* ein Experte. So was von Frechheit«, und er streckte seine Hand nach Clemens' Ohr aus, aber der sprang zur Seite, stieg auf ein Stück Seife und flog der Länge nach hin. Fluffi tanzte lachend von einem Fuß auf den andern, und Clemens kam endlich von der Seife weg, sprang auf und ging wütend auf Fluffi los. Der lachte noch immer und wehrte ihn spielerisch mit einer Hand ab. Bisher war alles nur ein Spaß gewesen, aber plötzlich wurde es ernst, denn Clemens biß Fluffi so fest in den Daumen, daß der große Bub aufheulend in die Luft sprang. Fluffi war ganz blaß geworden.

»Du Mistkerl«, sagte er leise, »beißt wie ein wildes Tier. Noch einmal tu das, und ich zerreiße dich in der Luft.«

Einen Augenblick lang sah es aus, als wollte er sich auf den Kleinen stürzen, dann drehte er sich um und ging aus der Duschkabine.

Schreckliches Schweigen lag in der Luft. Dann sagte Pepi bekümmert: »Das hättest du nicht tun sollen.«

Clemens stand da wie ein Häufchen Elend.

»Sei froh«, sagte Schorschi, »daß Fluffi nicht jähzornig ist. Sag ihm halt, daß es dir leid tut, er ist bestimmt nicht nachtragend.«

Aber da wurde Clemens wieder puterrot und schrie: »Gar nichts sag' ich. Dieser Sitzenbleiber! Nur weil er groß und stark ist, glaubt er, wir müssen vor ihm kuschen. Und Ihr seid elende Feiglinge. Pfui Teufel! Ich will euch gar nicht mehr sehen!«

»Lauf zu!« sagte Pepi ärgerlich, »und laß uns in Frieden. Und wenn du mich noch einmal einen Feigling nennst, so hau' ich dir ein paar herunter, und wenn du noch so winzig bist. Merk dir das, du Streithammel.«

Clemens fuhr wie eine wilde Hornisse aus der Kabine und redete den ganzen Tag kein Wort, und die andern taten so, als gäbe es gar keinen Clemens, und unterhielten sich über seinen Kopf hinweg miteinander. Schorschi tat der Kleine leid, aber man konnte ihm einfach nicht alles durchgehen lassen. Diese bittere Lehre würde ihm nur guttun. Abends im Bett hörte er Clemens unter der Decke schnüffeln und wußte nicht, war er tun sollte. Pepi schlief schon, und Fluffi warf sich unruhig von einer Seite zur andern. Schorschi stellte sich schlafend und atmete tief und ruhig. Endlich hörte er, wie Fluffi seufzend aus dem Bett kroch, zum Kasten tappte und mit Papier raschelte. Und dann hörte er Fluffi leise zu Clemens sagen: »Da hast du ein Zuckerl, du zorniger Teufel. Feig bist du nicht, aber blöd. Du kannst doch nicht auf mich losgehen, such dir kleinere Buben, wenn du unbedingt Dampf ablassen mußt. So, und jetzt schlaf endlich. Sagen wir halt, es war nichts.«

»Tut dir der Daumen noch weh?« fragte Clemens undeutlich.

»Aber wo«, sagte Fluffi, »und halt jetzt endlich deinen Mund. Gute Nacht.«

Dann hörte man Clemens schmatzend das Zukkerl kauen, und nach einer Weile sagte er: »Jähzorn ist was Schreckliches, Fluffi, man sagt Sachen, die man gar nicht so meint.«

»Na ja«, sagte Fluffi weise, »so hat jeder seine Sorgen«, und er drehte sich zur Seite, fluchte leise über das zu kurze Bett und rührte sich nicht mehr. Gleich darauf fing Pepi zu schnarchen an, und diesmal traf ihn Fluffis Hausschuh auf den Bauch und brachte ihn zum Schweigen.

Die nächsten Wochen vergingen wie im Flug. Jetzt kannte Schorschi sich schon recht gut aus im Internat, und das Heimweh überfiel ihn nur noch stundenweise, meist, wenn er am Morgen aus dem Bett geschüttelt wurde und gern noch ein bißchen geschlafen hätte. Auch Clemens schnüffelte nicht mehr unter der Decke, er war jeden Abend furchtbar müde, weil fast kein Tag verging, an dem er nicht von irgendeinem Buben Prügel bezogen hatte.

»Dich werden sie noch einmal erschlagen«, prophezeite Pepi manchmal, »weil du deinen Mund nicht halten kannst. Wir können doch nicht den ganzen Tag hinter dir herrennen und auf dich achtgeben. Und kaum schaut man weg, hast du schon wieder einen Streit angefangen.«

Aber Clemens kroch nur stöhnend in sein Bett und sagte: »Aber morgen zeig' ich's denen, ich hau' sie alle ungespitzt in den Erdboden.«

Dann mußte sogar der düstere Fluffi lachen, tauchte sein Taschentuch in kaltes Wasser und legte es auf Clemens' Beulen. Pepi, der, wie sich gezeigt hatte, sehr gut rechnen konnte, sagte: »Wir sind hier 200 Buben. Mit 26 hast du schon gerauft, so kannst du noch mit hundertmal Prügel rechnen, denn die Großen werden dich wohl nicht so leicht anrühren, außer du fällst sie an wie ein böser Hund. Warum mußt du denn gar so ein zorniger Teufel sein? Ich versteh ' das nicht!«

»Weil ich rote Haare habe«, stöhnte Clemens, »alle Rothaarigen sind so zornig, hab' ich gehört. Und mich ärgert ja auch jeder. Der eine sagt ›Zwerg‹ zu mir, der andere ›Karotte‹, und der blöde Mayer neben mir schreit jedesmal ›Feuer‹, wenn er mich sieht.«

Dieser Mayer hatte sich wirklich als rechtes Ekel entpuppt. Aber weil er groß und stark war, konnte er sich sehr viel herausnehmen. Er puffte und knuffte den armen Clemens, stach ihn mit dem Lineal in die Rippen, und einmal, als Clemens aufgerufen wurde, legte der Mayer einen Reißnagel auf seinen Sessel. Clemens sprang mit einem Schrei hoch, und Professor Schnüffel, dem es wieder gar nicht gutging und der daher besonders reizbar war, gab ihm eine Strafaufgabe. Clemens hätte sich eher die Zunge abgebissen, als seinen Peiniger verpetzt.

Als aber der Mayer während der Zehnuhrpause sich noch brüstete mit seiner Untat, lief Fluffi langsam heiß, holte sich den Übeltäter ins Lehrmittelkabinett und boxte ihn in Grund und Boden. Dabei wurde leider das ausgestopfte Stachelschwein etwas beschädigt, und eine Flasche mit Quecksilber zerbrach. Der Mayer und Fluffi arbeiteten ihre ganze Freizeit hindurch, um das Quecksilber auf Papierblättchen wieder einzufangen, eine sehr mühsame Beschäftigung, besonders wenn man Kopfweh hat. Schorschi, der ein guter Bastler war, richtete inzwischen mit Hilfe von Klebstoff das Stachelschwein wieder auf Glanz her und reparierte seine geknickten Stacheln. Es sah nachher besser und gesträubter aus als je zuvor, gerade so, als wollte es wutentbrannt auf einen Gegner losgehen. Auch das Quecksilber war schließlich eingefangen und in einem Glas aufbewahrt, und Fluffi sagte: »Jetzt müssen wir uns gründlich die Hände waschen, das Zeug ist giftig.«

Sie begaben sich in den Waschraum und hantierten mit Seife und Bürste, bis ihre Hände rot und sauber waren.

Am nächsten Tag sah der sonst so rosige Mayer ganz sonderbar aus, grün und blau, und die Nase saß ihm wie ein kleiner Kürbis im Gesicht.

»Was ist denn mit dir geschehen?« fragte der Turm mißtrauisch.

»Bitte, ich bin gegen den Türstock gerannt«, sagte der Mayer etwas undeutlich aus geschwollenen Lippen.

»Dann mach nächstes Mal die Augen auf«, rügte der Turm. »Wie schaut denn das aus, noch dazu in der ersten Bank, wo du ohnedies nicht hingehörst von Rechts wegen.«

Diese Bemerkung hatte sich der Turm wirklich nicht verkneifen können, denn da der Mayer so groß und dick war, konnte man nie sehen, was seine Hintermänner gerade trieben.

»Oder«, forschte der Turm weiter, »war es vielleicht gar kein Türstock, sondern eine harte Faust, gegen die du gerannt bist?« Und, nach einem Blick über die Klasse hin, der an Fluffi haften blieb: »Und du, Thomas, bist du auch gegen einen Türstock gerannt? Ihr solltet alle einmal zum Augenarzt gehen.«

Fluffi sprang auf: »Bitte, Frau Doktor, ich bin mit dem Gesicht voran die Stiege hinuntergefallen.«

Er wurde ein bißchen rot, weil er schlecht lügen konnte, aber bei seiner braunen Haut sah man es kaum.

»Nun«, sagte der Turm nachdenklich und ein bißchen rätselhaft, »da ihr zwei große, starke Buben seid und ziemlich gleichwertige Partner, ist das nicht so schlimm. Trotzdem solltet ihr Türstöcken und glatten Stufen aus dem Weg gehen. So, und jetzt genug davon. Wir befinden uns immer noch im Mühlviertel. Clemens, wisch die Tafel sauber, aber ein bißchen dalli, wenn ich bitten darf. Und ihr da hinten, bildet euch nicht ein, daß ihr ungestraft Schwarzer Peter spielen könnt!«

So war der Turm.

Seither hatte Clemens ein bißchen Ruhe vor dem Mayer, aber es wurmte ihn furchtbar, daß er Fluffis Hilfe benötigt hatte. Er beschloß, so schnell wie möglich groß und stark zu werden, um alle seine Feinde vernichten zu können, und schlang drei Tage lang so viel in sich hinein, daß ihm schließlich in der dritten Nacht sehr schlecht wurde. Er stöhnte und wimmerte, aber da es weit und breit keine Mutter gab, die ihm einen Kübel gebracht und den Kopf gehalten hätte, mußte er aufstehen und aufs Klo laufen. Er erreichte es gerade noch rechtzeitig. Dann fühlte er sich sehr, sehr elend und war überzeugt davon, daß er sterben müsse. Aber er mußte nicht sterben und fühlte sich ein wenig später, als alles vorbei war, gleich wieder ganz gut. Nur schwach war er noch von der Anstrengung.

Als er langsam in sein Zimmer zurückging, sah er auf dem schwacherleuchteten Gang etwas auf sich zukommen. Ein sehr sonderbares Ding, das aussah wie ein umgestürzter Suppenteller und scharrende Geräusche verursachte. Tatsächlich, dies mußte eine von Professor Waschls Schildkröten, Flip und Flop, sein. Für eine Schildkröte rannte sie beinahe. Clemens hockte sich vor sie nieder, und sie streckte den kleinen Kopf vor und fing an, wie eine Schlange zu zischen. Bestimmt hatte sie es eilig und wollte nicht aufgehalten werden. Clemens traute sich nicht, sie mit den bloßen Händen anzufassen, er hatte noch nie mit Schildkröten zu tun gehabt. So lief er ins Klo zurück, holte eine Handvoll Papier und hob damit den Ausreißer auf. Die Schildkröte zappelte und ruderte mit den Beinen herum, und Clemens hätte sie am liebsten losgelassen. Aber er überwand sich und trug das zischende Geschöpf bis zum Ende des Ganges, zu jenem turmförmigen Anbau, in dem Professor Waschl zwei Zimmer bewohnte.

Clemens klopfte zaghaft, und »Herein« ertönte die vertraute Stimme. Der Professor saß an seinem Schreibtisch und las in einem dicken Buch, dabei war es doch schon recht spät. Das Zimmer gefiel Clemens auf den ersten Blick, es sah so gemütlich aus und nicht besonders ordentlich aufgeräumt.

An der Wand hing der Vogelkäfig, mit einem Tuch bedeckt, denn die beiden Kanari schliefen schon längst. Auf einem Tisch neben dem Fenster stand ein Aquarium, in dem winzige rote, gestreifte und schwarze Fische zwischen Tang und weißen Korallenästen dahinglitten. Clemens riß sich zusammen, setzte die klopapierbedeckte Schildkröte auf den Schreibtisch und sagte: »Bitte, Herr Professor, sie ist auf dem Gang herumspaziert.«

Professor Waschl sah ihn scharf an und sagte dann: »Du bist der Kleine gleich neben der Tür, ach ja, ich weiß schon, du heißt Clemens, einen schönen, seltenen Namen hast du. Und du hast also Flop gefunden.«

Er nahm das Tier und setzte es in eine große Schachtel, in der wohl schon Flip wartete.

»Warum bist du denn so blaß?« fuhr er fort. »Du hast doch hoffentlich keine Angst vor Schildkröten, sie sind völlig harmlos und hilflos.«

»Nein«, sagte Clemens, der in seinem Schlafanzug fror, »mir ist nur schlecht gewesen.«

»Aha«, sagte der Professor, »und wovon denn?«

»Ich hab' zuviel gegessen«, gab Clemens widerwillig zu.

»Und warum das, mein Sohn?« forschte der gründliche Professor weiter.

»Weil ich unbedingt groß und stark werden muß«, platzte Clemens heraus.

Der Professor starrte ihn nachdenklich an.

»Setz dich doch«, sagte er, »und hör mir einmal zu. Du willst groß und stark werden, weil dich alle ärgern und weil du immer Prügel beziehst, stimmt doch, nicht? Du bist jähzornig und hast ein scharfes Mundwerk, weil du intelligenter bist als die meisten anderen. Was denkst du, woher ich das weiß? Schau mich doch an, glaubst du, ein Kind mit so riesigen Ohren ist nicht genug geplagt worden von den andern? Aber du bist auf dem falschen Weg, mein Lieber. Du kannst nicht mit Hunderten Buben raufen. Du mußt versuchen, gelassener zu werden. Ich weiß, es ist schwer, aber wenn die andern sehen, daß du dir nichts aus ihrem dummen Gerede machst, verlieren sie die Lust daran, und du hast deine Ruhe.«

»Aber«, sagte Clemens bekümmert, »ich will ja gar keine Ruhe, ich tu' nichts lieber als raufen. Und dazu muß ich dringend groß und stark werden.«

»Interessant«, sagte der Professor und betrachtete Clemens durch seine Augengläser wie ein besonders seltenes Tier. »Du bist ein komisches kleines Geschöpf. Aber laß dir gesagt sein, vom Essen wird man nicht groß und stark, du mußt turnen, Fußball spielen und laufen, davon bekommst du kräftige Beinmuskeln, und im Sommer mußt du schwimmen, das weitet den Brustkorb. Groß und stark wirst du übrigens nie werden, höchstens zäh und wendig.«

Clemens starrte bedrückt auf seine mageren Knöchel und schluckte betroffen. Das waren ja schlechte Aussichten für ihn.

»Nein, nein«, wiederholte der Professor, »groß und stark, das liegt nicht in deiner Natur. Genausowenig könnten meine Fischchen zwei Meter lang werden. Und sind sie nicht vollkommen? Schau sie dir doch an!«

Er stand auf und zog Clemens zum Aquarium. Der Kleine staunte. Korallenrot, grellgelb, schwarzrotgestreift, mit bizarr geformten Flossen, zogen sie durch das grünliche Wasser, und manche hatten genau die Farbe von Clemens' Haaren, und die waren besonders hübsch. Am besten aber gefielen ihm die winzigen schwarzen Fische mit den silbernen Augenringen, die wie aus Samt gemacht aussahen. Und alle waren sie unvorstellbar schön in ihrer geheimnisvollen Stummheit. Ihre kleinen, runden Mäuler gingen auf und zu, und ihre Augen starrten wie in ständigem Staunen durch die Glaswand in die fremde Welt der Menschen. Clemens spürte sein Herz vor Freude klopfen, er wollte die Hände ausstrecken und verbarg sie schnell auf dem Rücken. Aber der Professor hatte es gesehen.

»Ja«, sagte er, »man möchte sie streicheln und drücken, aber dann wären sie sofort tot. Man kann sie nur bewundern, sie betrachten und froh sein, daß es sie gibt. Wenn du willst, kannst du sie gerne anschauen kommen, aber nur einmal in der Woche. So, und jetzt geh in dein Bett zurück und denk daran, ein Korallenfisch kann kein Huchen werden. Und noch etwas! Vielleicht ist es besser, wenn du nicht sagst, daß Flop ausgerissen ist. Gewisse Leute mögen bedauerlicherweise meine Tiere nicht.«

Clemens nickte verständnisvoll. Der Turm war natürlich damit gemeint. Nun, er würde bestimmt den Mund halten.

Leider erwies es sich als äußerst schwierig für Clemens, den Mund zu halten. Aber er ließ Schorschi, Pepi und Fluffi schwören, nichts ausplaudern zu wollen. Und diese drei hielten tatsächlich den Mund. Unseligerweise aber konnte Clemens sich nicht zurückhalten, und bald wußte das ganze Internat, daß Flop wieder einmal durchgebrannt war. Der Turm erfuhr es durch die Köchin und sagte: »Einmal möchte ich diesem widerlichen Vieh begegnen, ich würde es glatt dem Tierschutzverein bringen. Tiere, noch dazu stinkende Reptilien, haben in einem anständigen Internat nichts verloren.«

Das hatte einer der beiden jungen Erzieher gehört und es einem aus der Achten anvertraut, und so fand die Geschichte ihren Weg zurück ins Fünferzimmer. Clemens war so unglücklich über seinen Verrat, daß er sich heulend ins Bett legte.

»Du blödes Tratschweib«, fauchte Fluffi ihn an, »am liebsten würde ich dir ein paar langen, aber du hast ja keine Stelle, wo man hinhauen könnte.«

Auch Pepi und Schorschi waren ganz wild auf Clemens. Sie alle hatten Professor Waschl gern, weil er für jede Dummheit der Buben Verständnis aufbrachte und noch nicht vergessen hatte, daß er selber einmal in die erste Klasse gegangen war. Außerdem ließ er sie manchmal Flip und Flop, die Kanari und die Fischchen bewundern.

»Was soll ich denn tun?« heulte Clemens.

Pepi betrachtete ihn angewidert und sagte: »Schneuzen sollst du dich ganz dringend!«

Clemens trompetete folgsam in sein Taschentuch. Es war ein grauslicher Anblick, und Pepi wandte sich ab.

»Er soll zum Waschl gehen«, schlug Schorschi vor, »und ihm sagen, daß er getratscht hat.«

Dies wurde mit allen Stimmen beschlossen, und Clemens nahm die Strafe an. Am Abend klopfte er unter Herzklopfen an die Tür des Professors. Dann ging alles sehr schnell. Clemens trat an den Schreibtisch, spürte, wie er feuerrot wurde, und sagte leise: »Bitte, ich hab' es ausgetratscht, wegen Flop, und die Frau Doktor hat es erfahren. Es tut mir sehr leid.«

Dann senkte er den Kopf und starrte auf seine Füße nieder. Der Professor seufzte.

»Na ja«, sagte er, »das ist ja auch nicht so

schlimm. Sei nicht so unglücklich. Es war immerhin tapfer von dir, daß du mich gewarnt hast. Und jetzt lauf zu, ich hab' noch eine Menge Arbeit.«

Clemens warf einen scheuen Blick auf die wunderbaren Fischchen und drückte sich zur Tür hinaus. Im Fünferzimmer stand zu seinem Schreck der Turm und fragte die Buben wegen der Schildkröte aus, schien aber nichts erfahren zu haben.

»Ah, da bist du ja, Clemens«, sagte sie, »du hast also in der Nacht, als dir schlecht war, dieses unappetitliche Tier getroffen. Wenn du darüber gestolpert wärst, hättest du dir sehr weh tun können, nicht?«

»Aber nein«, sagte Clemens fest, »ich hab' den Flop schon von weitem gesehen. Er geht ganz langsam und scharrt dabei ganz laut auf dem Boden. Man kann ihn gar nicht übersehen. Und er war sehr lieb und stinkt gar nicht«, fügte er schnell hinzu.

Der Turm schien ein bißchen enttäuscht zu sein: »So«, sagte sie, »wenn das noch einmal vorkommt, sagst du es *mir* und nicht allen anderen Leuten. Es ist ganz gegen die Hausordnung, daß Schildkröten auf dem Gang spazierengehen, egal, ob sie stinken oder nicht.«

Und sie verschwand geräuschvoll durch die Tür.

»Schade«, bemerkte Schorschi, als sie weg war. »Schade, daß sie Tiere nicht leiden kann.«

Aber Fluffi meinte: »Das ist gar nicht wahr, sie hat nur keine Ahnung von Tieren. Einmal hat sie als Kind ein großer Hund gebissen, und seither hat sie Angst vor Hunden, Kühen und Pferden. Sogar um eine große Katze macht sie einen Bogen. Und sie bildet sich ein, alle Tiere hätten Ungeziefer, wären schmutzig und stänken. Ein Aberglaube von ihr, aber ich weiß nicht, wie man sie davon kurieren könnte. Wenn sie sich mit dem Waschl besser vertragen würde, wäre es auch für uns ein Glück. Ich bin froh, daß wenigstens der Rex zum Waschl hält. Wahrscheinlich, weil Männer immer zusammenhalten, und außerdem, weil der Turm immer im Schach gewinnt. In Wirklichkeit macht sich der Rex gar nichts aus Tieren, ich hab' gesehen, daß er nie einen Hund anfaßt.«

Schorschi überlegte, wie verwirrend das alles war. Die Erwachsenen waren manchmal recht unverständlich, und es war besser, wenn man gar nichts zu tun hatte mit ihren komischen Streitigkeiten und Freundschaften. Es war nur gut, daß der Turm nicht im Internat wohnte, sondern im ersten Stock des Pförtnerhauses am Parkeingang. Unter ihr wohnte die Familie Rabl, und Frau Rabl besorgte auch den Haushalt für sie, eine Arbeit, die dem Turm nicht behagte. Aber in anderen Dingen war die Frau Doktor sehr begabt. Sie war bestimmt nicht mehr jung und mußte manchmal beim Gehen schnaufen, aber unverdrossen stapfte sie über Gänge und Stiegen, und ihren kleinen, scharfen Augen entging nichts, aber schon gar nichts. Sie sah Dinge, die ein Mann nie bemerkt hätte, schmutzige Nägel, ungewaschene Hälse, Löcher in den Strümpfen, nicht sauber geputzte Schuhe, Beulen, Kratzer und geschwollene Nasen, und wie durch ein Wunder wußte sie nur vom Anschauen, wenn ein Bub Fieber hatte. Dann mußte er ins Krankenzimmer übersiedeln und wurde von Frau Rabl, dem Küchenpersonal und den beiden Erziehern betreut. Aber eigentlich war selten jemand krank, denn es war nicht lustig, im Krankenzimmer zu liegen und nichts von der Welt zu hören, und seit alle Buben im Herbst gegen Grippe geimpft wurden, stand das Krankenzimmer meist leer.

Nur Clemens sollte bald darauf das Kunststück gelingen, dort zu landen. Nachdem nämlich Essen allein nichts nutzte, hatte er sich der körperlichen Ertüchtigung verschrieben und war sogar in Fluffis Fußballteam eingetreten. Er spielte schon recht gut, jedenfalls rannte er schneller als irgendein anderer. Seine Mutter wäre entsetzt gewesen, hätte sie seine aufgeschürften Knie sehen können, aber das konnte sie ja Gott sei Dank nicht. Clemens kämpfe verbissen und maß fast jeden Tag seinen Oberarmmuskel mit einem Zentimeterband, das ihm Frau Rabl geschenkt hatte. Und zu seinem Entsetzen war plötzlich sein Arm einen Zentimeter dünner geworden. Er hörte, daß Baumklettern gut sein sollte für die Arme, die Affen haben ja bekanntlich sehr gut entwickelte Arme und Schultern, und so verlegte sich Clemens auf diesen neuen Sport.

Vielleich war das wirklich gut für seine Muskeln, für seine Hosen und Stutzen war es jedenfalls schlecht. Außerdem war das Klettern streng verboten, seit einmal einer aus der Fünften von einer Blutbuche gefallen war und sich das Bein gebrochen hatte. Natürlich kletterten aber doch fast alle Buben. Das war ganz unvermeidlich. Sobald ein Bub einen guten Kletterbaum erblickt, wird er magisch von ihm angezogen, und hast du nicht gesehen, sitzt er schon auf dem untersten Ast. Und dort bleibt er natürlich nicht sitzen. Sogar der Rex wußte das, obgleich er wirklich nicht aussah, als wäre er jemals auf Bäume geklettert. Alle Lehrer wandten den Kopf zur Seite, sobald sie ein Gesicht oder ein Bein im Laub aufleuchten sahen, um ja den Sünder nicht zu erkennen. Nur der Turm begriff es nicht, wahrscheinlich, weil sie doch eine Frau war und Frauen von Bäumen nicht so stark angezogen werden wie Buben. Es setzte ganz furchtbare Krachs und immer wieder Strafen, sogar stundenlanges Eingesperrtsein und Sonntagsausgehverbot, das Schlimmste, was es überhaupt gab. Aber Clemens konnte sich nicht gut darum kümmern, und weil er so klein war und sich gut im Laub verstecken konnte, hatte ihn noch keiner erwischt. Er war recht geschickt und kam ganz hoch hinauf. Dann saß er in der Baumkrone und fühlte sich frei und glücklich. Nur in den letzten Tagen war er betrübt darüber, daß die Bäume anfingen, ihr Laub zu verlieren. Bald würde das Klettern ein Ende nehmen.

Eines Nachmittags behaupteten die drei Rotznasen aus der Dritten, Clemens könne unmöglich hinter einem gewissen Eichkater, Hansi genannt, auf die große Buche klettern, bis ganz zur Spitze hinauf. Clemens, närrisch und ehrgeizig, wie er war, stand schon auf dem untersten Ast und kletterte hinter Hansi her. Der schien das für ein lustiges Spiel zu halten und huschte, leicht wie eine Feder, vor ihm her, dann blieb er sitzen und schielte boshaft aus seinen glänzenden Augen zu Clemens hinunter. Es sah aus, als lache Hansi über ihn. Und immer höher und höher ging es hinauf. Die drei Rotznasen standen unter dem Baum und hetzten: »Weiter, Kleiner, weiter, sei nicht feig, den Hansi erwischst du doch nicht, du kannst halt doch nicht klettern, kleine Karotte.«

Jetzt rannte der Eichkater einen Ast entlang, blieb sitzen und sah neugierig zurück, was sein merkwürdiger Verfolger tun werde. Clemens hatte plötzlich Angst. Er war wie auf einem Turm, die Rotznasen sahen ganz klein aus. Seine Hände wurden feucht, aber er biß die Zähne zusammen und kroch hinaus auf den Ast, der senkte sich, und der verdutzte Hansi sprang einfach einen Ast tiefer. Clemens beneidete ihn sehr. Gellendes Hohngelächter erscholl von unten. Clemens versuchte zurückzukriechen, aber der Ast war schon zu dünn und glitt unter seinen Händen davon, und mit einem Schrei stürzte Clemens in die Tiefe. Er sah noch die Rotznasen wegrennen, dann tat ihm der Kopf sehr weh, und es wurde schwarz um ihn.

Als er wieder erwachte, lag er im Krankenzimmer, und der Turm saß an seinem Bett. Es war dämmrig im Zimmer, und Clemens wußte nicht genau, wo er war. Dann erinnerte er sich, daß er nicht daheim war, sondern im Internat, aber wieso er hier im Bett lag, konnte er sich nicht erklären. Der Turm schneuzte sich und sagte mit einer sehr komischen dünnen Stimme: »Clemens, du Dummkopf, sag jetzt gar nichts. Der Arzt wird gleich kommen«, und da kam der Doktor schon zur Tür herein und untersuchte und beklopfte Clemens, und alles war sehr unangenehm, weil Clemens der Kopf furchtbar weh tat und ihm auch ganz übel war.

Der Arzt verband eine Wunde am Schenkel, verpflasterte die aufgeschürften Hände und sagte: »Das verheilt alles und ist nicht weiter schlimm, aber er hat eine Gehirnerschütterung und muß eine Woche im Dunkeln liegen, und zu essen kriegt er einstweilen nichts, nur Tee.«

»Das auch noch«, seufzte der Turm, »wo er ohnedies so dünn ist. Aber ich muß wohl glücklich sein, daß dieser Mistfink überhaupt noch lebt.«

Und sie schneuzte sich dreimal, und das tat Clemens im Kopf recht weh.

Die folgende Woche war sehr traurig für ihn. Zum Glück konnte er viel schlafen. Manchmal versuchte er nachzudenken, was geschehen war. Er wußte, daß er von einem Baum gefallen war, aber er konnte sich an gar nichts erinnern, nicht an die große Buche, nicht an Hansi und nicht an die drei Rotznasen. Ein Erzieher hatte ihn gefunden und ins Haus getragen. Clemens beschloß, nicht mehr auf Bäume zu klettern, wenn man dann so Kopfweh bekam und im Finstern liegen mußte. Einer der beiden Erzieher schlief bei ihm, ein junger Mann, der selber erst im Sommer maturiert hatte. Aber er kam immer erst, wenn Clemens schon eingeschlafen war, und ging weg, wenn er noch schlief, und so erfuhr der Kleine überhaupt nichts Neues. Außerdem spürte Clemens, daß der Erzieher sich darüber ärgerte, daß er hier das Kindermädchen spielen mußte, und so stellte er kaum je eine Frage an ihn. Aber der Turm hat geweint und sich ganz laut geschneuzt, dachte Clemens, und er nahm sich vor, in Zukunft nett zu ihr zu sein, wenn sie auch unbeschreiblich lästig war mit ihren Fingernagel-Hals-Ohren-Schuh-und-Kastenkontrollen.

»Soll ich an deine Eltern schreiben?« fragte der Turm.

Clemens überlegte, dann sagte er: »Nein, bitte nicht. Sie würden sich doch nur aufregen, und dabei geht es mir schon ganz gut. Eine Reise mit dem Schiff oder dem Flugzeug würde nur eine Menge Geld kosten, und wir haben nicht viel Geld.«

»Du bist wirklich im Begriff, ein erwachsener Mensch zu werden«, sagte der Turm anerkennend. »Aber wenn du noch einmal auf einen Baum kletterst, ist es aus mit uns beiden. Das schreib dir hinter die Löffel! Dann schick ' ich dich als Muster ohne Wert an deinen Großvater. Für vollkommen verrückte Buben kann ich keine Verantwortung übernehmen.«

»Ich werd' nicht mehr klettern«, sagte Clemens schwach, »ich will hierbleiben, im Fünferzimmer, wenn ich noch so viel Prügel bekomm'.«

»Wer hat dich denn verprügelt?« fragte der Turm entrüstet. »Du weißt, ich dulde nicht, daß hier ein Kleiner von den Großen geschlagen wird. Du mußt nur den Mund auftun, dann fliegt der Betreffende sofort hinaus. Also, heraus mit der Sprache!«

Clemens rückte den Eisbeutel auf seinem Kopf zurecht und sagte verzagt: »Ich weiß nicht mehr, wer mich alles geschlagen hat, aber eines weiß ich bestimmt, ich war immer selber schuld. Ich kann nämlich meinen Mund nicht halten.«

Der Turm stand auf und sah jetzt wirklich wie ein Turm aus und sagte: »Dann kann dir kein Mensch helfen, und du wirst noch oft und oft Prügel beziehen im Leben, aber manche brauchen das.«

Und sie ging in die Küche, um diesem unseligen Rotschopf ein Glas Himbeersaft zu holen.

Schorschi, Fluffi und Pepi vermißten den Kleinen sehr. Sie versuchten immer wieder ins Krankenzimmer einzudringen, wurden aber herzlos von jeder Aufsichtsperson von der Tür vertrieben. So waren sie nur auf die spärlichen Nachrichten angewiesen, die ihnen der Turm oder der Erzieher zukommen ließ. Eines Tages stürzte Fluffi ganz aufgeregt ins Zimmer und sagte: »Ich weiß jetzt, wie das geschehen ist. Ein Küchenmädchen hat mir den Tip gegeben, die Rosl, die uns immer die größten Butterbrote gibt, weil ich ihr einen Koffer zur Bahn getragen hab'. Also, sie hat ein Gespräch gehört zwischen den drei Rotznasen. Die drei haben Clemens hinter Hansi her auf die große Buche gehetzt, diesen Dummkopf könnte man ja sogar auf den Kirchturm jagen. Er hätte tot sein können, und sie haben ihn einfach eine halbe Stunde bewußtlos dort liegen lassen. Was soll ich denn nur tun, so eine Schweinerei, ich kann die drei ja nicht umbringen!«

Plötzlich sagte Pepi: »Ich würde sie beim Turm anzeigen, das hat mit Petzen nichts zu tun. Der

Kleine könnte tot sein, und die drei werden es demnächst wirklich so weit treiben, bis einem ernstlich was passiert.«

»Aber ich kann nicht«, schnaufte Fluffi wild. »Jeder weiß, daß die drei meine Feinde sind, und wird glauben, ich zeig' sie aus Rachsucht an.«

»Ich werd's mir überlegen«, sagte Pepi, »heute können wir sowieso nichts mehr unternehmen.«

Schorschi hatte an diesem Abend noch Naturgeschichte zu lernen, weil er am Nachmittag beim Zahnarzt gewesen war. Er hielt sich die Ohren zu und murmelte: »Die Einteilung der Rinder: Braunvieh, Fleckvieh, das Pinzgauer Rind, das Waldviertler Blondvieh, das Murbodner Vieh, das Grauvieh oder Oberinntaler Rind und das Deutsche Niederungsvieh.«

Komische Namen hatten die Kühe, wirklich sehr merkwürdig. Dann fiel ihm wieder Clemens ein, und er wußte nicht, wozu er Fluffi raten sollte. Die Rotznasen, da man sie bestimmt nicht erschlagen durfte, mußten aus dem Haus; sie waren einfach eine öffentliche Gefahr.

»Das Rind hat vier Magen«, murmelte er weiter, »Pansen, Netzmagen, Blätter- und Labmagen, es ist ein Wiederkäuer, und das geht so!«

Wirklich, man sollte sie anzeigen. Er zog die Finger aus den Ohren und beschloß, nichts mehr zu lernen; er konnte jetzt unmöglich an Kühe und ihre verwickelten Magen denken.

Am nächsten Tag ging Fluffi so wütend herum, daß jeder ihm aus dem Weg ging. In der Zehnuhrpause stellte er sich auf den Gang und wartete, bis die drei Rotznasen vorüberkamen, und dann versetzte er jedem finster und stillschweigend eine fürchterliche Ohrfeige. Die drei standen wie gelähmt. Sie hatten ein so schlechtes Gewissen, daß sie nicht zurückschlagen konnten. Fluffi schritt, noch immer schweigend, davon und lief dem Rex in die Arme, der alles mit angesehen hatte und, zutiefst empört über die Roheit, Fluffi ein Sonntagsausgehverbot gab. Fluffi nahm auch das in wildem Schweigen hin und ging in seine Klasse.

Am übernächsten Tag ging ein Gerücht um im Internat, daß die drei Rotznasen von ihren Eltern geholt worden seien und nie mehr zurückkommen würden. Der Turm schwieg sich aus, aber man konnte sich denken, was geschehen war.

Da die drei keine Freunde besaßen, weinte ihnen niemand eine Träne nach. Die dritte Klasse war sogar so froh darüber, diese lästigen Stänkerer losgeworden zu sein, daß sie sich eine Flasche Himbeersaft beschafft hatte und im Park hinter einer Hecke den Hinauswurf der Rotznasen feierte. Fluffi, der ja auch einmal diese Klasse besucht hatte, wurde dazu eingeladen und von seinen ehemaligen Kameraden stürmisch gefeiert. Er war sehr erleichtert darüber, daß er sich nicht zum Verpetzen hatte entschließen müssen.

»Froh bin ich«, sagte er am Abend im Bett, »daß ich noch jedem eine getuscht hab', es war ohnedies zum letztenmal. Ich möchte nur wissen, wer die drei angezeigt hat.«

»Ich bin jedenfalls froh«, erklärte Schorschi mit Überzeugung, »daß es einer getan hat. Ich hab' selber schon überlegt, ob ich's nicht tun sollte.« Nur Pepi schwieg und stellte sich schlafend, und keiner sah, daß er im Bett von einem Ohr zum andern grinsen mußte. Er hielt es nicht für nötig, seinen Freunden zu erzählen, daß er selber zum Turm gegangen war und die Anzeige gemacht hatte. Pepi konnte nämlich schon sehr gut unterscheiden, ob ein Streich nur lustig und übermütig war oder richtig böse und gefährlich. Und er konnte sehr verschwiegen sein. Er war meist freundlich und gut aufgelegt, aber wenn er auf jemanden böse war, wurde er zu einem unangenehmen Feind. Und Pepi, der von den drei Buben Clemens am wenigsten verstehen konnte, hatte doch den närrischen kleinen Kerl sehr gern und hatte sich in aller Stille vorgenommen, ein wenig auf ihn achtzugeben.

Am Samstagvormittag kam der Rex in die Klasse und sagte: »Thomas, du mußt deine Strafe nicht absitzen. Es sind uns Dinge zu Ohren gekommen, die dein Benehmen in einem anderen Licht erscheinen lassen. Trotzdem, laß dir gesagt sein, ich halte gar nichts von Gewaltmaßnahmen. Intelligente Menschen boxen und prügeln sich nicht, nur Dummköpfe haben das nötig.«

Schorschi war sehr wütend auf den Rex und fand es sehr ungerecht von ihm, daß er Fluffi als Blödkopf hinstellte, nur weil er groß und stark war und boxen konnte. Und nicht nur er, sondern die ganze Klasse war empört darüber, denn Fluffi war schnell beliebt geworden, weil er immer die Kleinen gegen die Buben aus den höheren Klassen beschützte. Wenn man Hilfe brauchte, konnte man jederzeit mit Fluffi rechnen. Sonst allerdings tat er wirklich nicht viel. Während des Unterrichts starrte er finster auf den Park hinaus, biß wütend seinen Daumen und dachte sichtlich darüber nach, wie er seine Alten ärgern könnte, so ärgern, daß sie endlich kommen und sich um ihn kümmern mußten. Manchmal schnitzte er auch einen Dackel, einen Affen oder einen prächtigen Schnauzbart auf sein Pult. Es war dort aber nur noch wenig Platz geblieben, und so mußte er seine Werke auch auf das Nachbarpult ausbreiten. Sein Nachbar, der vorläufige Primus, ein flachsblondes Bürschchen, wagte nicht, sich zu widersetzen, und war sogar so anständig, bei einer Schularbeit Fluffi das Heft hinüberzuschieben. Der aber wandte sich nur verächtlich ab. Der brave Primus zog das Heft gekränkt zurück und gab seinen unheimlichen Nachbar auf. Aber er ärgerte sich innerlich fürchterlich, als sein Pult sich langsam mit Affen, Dackeln und Schnauzbärten bedeckte.

Der Oktober war noch recht schön und tagsüber auch warm gewesen, und noch bis Mitte November hatten die Buben meist im Park spielen können. Dann aber war Schluß mit den schönen Tagen. Regen strömte Tag und Nacht nieder, und der Park mit den kahlen Bäumen und den aufgeweichten Wegen sah recht trübselig aus. Herr Rabl nahm die Heizung in Betrieb, und die Buben saßen in der Freizeit in ihren Zimmern und lasen oder spielten Schlachtschiff versenken, ein Spiel, das Clemens eingeführt hatte und das jetzt schon in jedem Zimmer gespielt wurde. Wenn es einmal nicht regnete, mußten sie spazierengehen und kamen mit feuchten Mänteln und schmutzigen Schuhen heim. Diese schmutzigen Schuhe wurden eine arge Plage, denn sie mußten jeden Abend in der Halle ganz sauber geputzt werden. Den meisten Buben hätte es gar nichts ausgemacht, mit schmutzigen Schuhen herumzugehen; wenn die Lehmschicht zu dick wurde, sprang sie ohnedies von selber ab. Aber soweit kam es nie, denn der Turm hielt jeden Tag Schuhinspektion. Schorschi, der daheim seine Schuhe meist selber geputzt hatte, fand es nicht so arg. Clemens ärgerte sich am meisten darüber, er hatte nie zuvor Schuhe geputzt, und seine Hände waren nachher immer voll Schuhcreme, die auch mit Seife und Bürste nicht abgehen wollte.

Plötzlich kam auch das Heimweh wieder zurück, nicht so heftig wie in der ersten Woche, aber doch so, daß viele von den Kleinen recht betrübt umherschlichen. Schorschi fand auch, daß jetzt, wo man nicht mehr Fußball spielen konnte, das Internat viel von seinem Reiz verloren hatte. Noch dazu gab es auf einmal sehr viel zu lernen, und eine Welle von Schularbeiten war im Anrollen. Jeder Professor war der Ansicht, sein Gegenstand sei der wichtigste, und manchmal rauchten Schorschi schon die Ohren, wenn er in der Studierstunde saß und sich mit Bruchrechnungen und Vokabeln abplagte. So wäre der November ein recht trüber, unangenehmer Monat geworden, wenn er nicht doch noch eine Freude für Schorschi und seine Freunde gebracht hätte.

Eines Nachmittags, die Buben spielten gerade Schlachtschiff versenken, ertönte plötzlich vor der Tür ein Winseln und Kratzen, dann gab es einen Plumps, die Tür sprang auf, und herein kam der größte und schönste Bernhardiner, den man sich nur denken kann. Er war wirklich fast so groß wie ein Kalb. Freudig bellend trabte er auf Fluffi zu und sprang an ihm hinauf. Dann setzte er sich neben Fluffis Sessel und legte seinen Kopf schwer auf Fluffis Knie. Clemens war aufgesprungen und zurückgewichen, aber Fluffi sagte: »Der tut euch nichts, das ist der Wotan vom Ochsenwirt. Immer, wenn er mich sieht, rennt er mir nach.«

»Er rennt dir nach«, sagte Clemens, jetzt wieder

ganz keck, »weil er dich auch für einen Bernhardiner hält, wenn du so durch die Gegend latschst mit deinen riesigen Schuhen und diesen Falten auf der Stirn. Wirklich, es fehlten dir nur noch Schlappohren, dann wäre der Bernhardiner fertig.«

Alle lachten, und Fluffi sagte: »Kusch, du Zwergrattler, denk lieber nach, wie wir Wotan wieder hinausbringen. Wenn der Turm ihn sieht, gibt es einen furchtbaren Krach.«

Sie spielten ein bißchen mit Wotan, der ganz selig schien, in eine so lustige Gesellschaft geraten zu sein, und eifrig und unermüdlich alte Tennisbälle apportierte. Pepi gab ihm ein Stück Wurstbrot, und Wotan schnappte die Wurst und spuckte das Brot verächtlich unter den Tisch, ein richtiger verwöhnter Wirtshaushund. Schließlich sagte Fluffi: »Schluß, Wotan, jetzt gehen wir heim«, und der große Hund lief gehorsam hinter ihm her.

»Hoffentlich begegnet uns der Turm nicht«, seufzte Fluffi und verschwand mit seinem Freund aus dem Zimmer.

Als die Buben am Abend wieder in ihre Bude kamen, lag Wotan unter dem Heizkörper und schnarchte. Offenbar konnte er das Parktor und jede unversperrte Tür selber aufmachen, indem er sich mit seinem Gewicht auf die Klinke fallen ließ und sie niederdrückte.

»So ein gescheites Vieh«, sagte Pepi anerkennend.

»Ja«, sagte Fluffi, »zu gescheit. Denn was tun wir, wenn er nun jeden Tag kommt? Und jetzt regnet es noch dazu in Strömen. Lassen wir ihn halt heute nacht da, und ganz früh, wenn der Turm noch nicht im Haus ist, bring' ich ihn hinunter und lass' ihn beim unteren Badezimmerfenster hinaus.«

Sie spielten noch eine halbe Stunde mit Wotan, und als er müde wurde und sich wieder unter den Heizkörper legte, stellten sie drei Sessel mit ihren Kleidern davor, daß man ihn von der Tür aus nicht sehen konnte.

»Hoffentlich bellt er nicht, wenn der Turm kommt«, sagte Schorschi. »Sag ihm, er soll ja die Schnauze halten, sonst ist es aus mit unseren schönen Spielen.«

Fluffi setzte sich neben Wotan und redete leise und eindringlich auf ihn ein. Wotan sah gespannt auf seinen Mund und schleckte ihm das Knie ab.

»Er hat genickt«, behauptete Fluffi, »ich glaub', er hat jedes Wort verstanden.«

Und wirklich, als der Turm kam, war nichts zu hören als leises Schnarchen und Röcheln.

»Wer schnarcht denn bei euch?« fragte der Turm ins dunkle Zimmer hinein.

»Der Pepi«, flüsterte Clemens.

»Hier riecht es sonderbar«, sagte der Turm, »nach feuchter Schafwolle oder so.«

»Das ist meine Wollweste«, sagte Fluffi, »wenn sie feucht wird, riecht sie immer so.«

»Na schön«, sagte der Turm, »und jetzt schlaft ihr auch und macht es wie der Pepi.«

Nachdem der Turm gegangen war, fing der Pepi wirklich zu schnarchen an, und so schnarchten sie zweistimmig.

Nachts wurde es kalt, und Wotan kroch auf Fluffis Bett, legte sich quer über seine Füße und verbreitete angenehme Wärme. Fluffi erwachte gar nicht, aber er träumte, daß er in Italien mitten auf einem sonnigen Platz saß, vor einem großen Café, und eine riesige Tüte Eis schleckte. Als er sehr früh erwachte, aus irgendeinem Grund wurde er immer sehr früh wach, hob Wotan seinen Kopf und winselte vor Freude. Rasch zog Fluffi seinen Bademantel an und brachte Wotan hinunter und ließ ihn beim Badezimmerfenster hinausspringen. Er sah noch, wie der große Hund im Morgengrauen auf die hintere Parktür zutrabte, sie geschickt aufstieß und auf der nebligen Straße verschwand. Fröstelnd schlich Fluffi die Stiege hinauf. Er grübelte darüber nach, wieviel leichter dieses trübsinnige Leben auszuhalten wäre, wenn man einen großen, treuen Hund hätte. Einen Hund wie Wotan, der jedes Wort verstand und so schön warm und wollig war. Was sollte er nur tun, um Wotan vor dem Turm zu verheimlichen? Aber das schien ganz aussichtslos. Wenn sie schon Flip und Flop, die wirklich ganz klein und ruhig waren, nicht mochte, wie zuwider würde ihr erst dieser riesige

Hund sein! Und bestimmt hatte Wotan Flöhe. Fluffi hatte in einer Zeitung gelesen, daß Menschenflöhe ausgestorben waren und Hundeflöhe nicht auf Menschen gingen. Aber dies würde der Turm niemals glauben. Die Lage war recht hoffnungslos. Vielleicht war es aber nur eine einmalige Laune Wotans, und er würde nie wiederkommen. Dieser Gedanke war beruhigend, aber auch ein wenig schmerzlich, wenn Fluffi das auch nicht einmal sich selber eingestanden hätte.

Fluffi hatte nie zuvor mit Bernhardinern zu tun gehabt und kannte ihre Hartnäckigkeit nicht. Natürlich wartete am Abend Wotan schon wieder auf die Buben im Fünferzimmer und wedelte zur Begrüßung freudig mit dem Schwanz.

Die Buben hatten schon auf dem Gang die schmutzigen Spuren seiner nassen Pfoten gesehen, und Clemens wurde in großer Eile mit einem alten Pullover Fluffis ausgesandt, um diese Spuren möglichst unauffällig zu beseitigen. Er stellte einen Fuß auf den Pullover und fuhr damit zick-zack den Gang entlang, immer hinter den verdächtigen Schmutzflecken her. Ein paar Buben sahen ihm erstaunt nach, und einer der jungen Erzieher fragte ihn spöttisch, ob er vielleicht einen Vogel habe, aber Clemens achtete nicht darauf und stellte sich ganz übergeschnappt, schlug ein Rad, erwischte den Pullover sehr geschickt wieder und fuhr weiter damit, immer zick-zack, den Gang entlang.

Der Erzieher schüttelte den Kopf, da er aber nichts besonders Verwerfliches an Clemens' Benehmen finden konnte und er außerdem vor wenigen Jahren selber noch ähnliche Spiele gespielt hatte, ging er weiter und kümmerte sich nicht mehr darum.

Clemens war jetzt bei der Stiege angelangt und mußte sich etwas Neues ausdenken, er tat, als suche er etwas, und tastete sich verkehrt die Stiege hinunter, die Nase fast auf dem Boden, den Pullover wie zufällig vor sich herschwenkend. Die Halle war so schmutzig, daß Wotans Spuren gar nicht auffielen, sie wurde jeden Morgen aufgewaschen. Clemens ließ es gut sein und sprang triumphierend in sein Zimmer zurück. Er hörte kaum, daß der große Mayer ihm »Rotschädel« und »Karotte« nachrief, so vertieft war er in seine Gedanken.

Im Fünferzimmer waren die Buben damit beschäftigt, Wotan ein Kunststück beizubringen, und zwar sollte er über einen Sessel springen. Wotan aber weigerte sich entschieden, und als er endlich, von Fluffi angeeifert, einen Versuch unternahm, landete er mitsamt dem Sessel auf dem Boden und sprang unwillig bellend im Kreise herum.

»Ihr seid wohl nicht bei Trost«, sagte Clemens, »ein Bernhardiner ist doch kein Reitpferd. Bringt ihm lieber bei, daß er in einem Kasten verschwinden muß, wenn der Turm kommt!«

Das war bestimmt eine gute Idee. Und was für ein Glück, daß der Turm kein Schleicher war, sondern daß man ihre Schritte schon lange, ehe sie auftauchte, hören konnte. Fluffi ging gleich daran, den unteren Teil seines Kastens auszuräumen und seine Schuhe in Pepis Kasten unterzubringen. Dann breitete er eine alte Decke in den Kasten, und das Lager für Wotan stand bereit. Der Kasten war nicht klein, aber Wotan füllte ihn vollkommen aus, er mußte sich sogar ein wenig einrollen, um Platz zu haben. Trotzdem schien es ihm dort drinnen in der dunklen Wärme gut zu gefallen, und er schaute freundlich und aufmerksam aus dem Kasten heraus und wartete, was seine neuen Freunde noch alles für ihn erfinden würden. Man sah deutlich, daß er sich darüber freute, so im Mittelpunkt zu stehen. Beim Ochsenwirt hatte kein Mensch Zeit gehabt, sich mit ihm abzugeben, und ein Hund braucht ja nicht nur sein Fressen, sondern auch einen Herrn, der zu ihm spricht und ihm zeigt, daß er ihn ganz notwendig braucht. Das alles hatte Wotan bei Fluffi und seinen Freunden gefunden, und er war im Augenblick bestimmt der glücklichste Hund auf der ganzen Welt.

»Wenn wir aber den Kasten zudrücken müssen, wird er ersticken«, sagte Schorschi besorgt.

Doch Pepi hatte einen guten Einfall: »Ich borg' mir vom Rabl einen Bohrer aus und bohr' Löcher in den Kasten, hinten, wo kein Mensch draufkommt.«

»Und ich«, sagte Fluffi, »bezahl' den Schaden, wenn er doch entdeckt wird.«

Fluffi hatte immer eine Menge Taschengeld, viel mehr als seine Freunde, und wußte oft gar nicht, was er damit anfangen sollte, denn im Ort gab es nur sehr wenig zu kaufen, was er hätte brauchen können.

Die Frage des Verstecks war also gelöst. Gefährdet war Wotan aber noch immer auf seinem Weg bis ins Fünferzimmer. Er war ja gar nicht zu übersehen, wenn er in seiner ganzen weißbraungefleckten Pracht dahertrabte.

»Eine Tarnkappe wäre das einzige, was ihm helfen könnte«, sagte Clemens. »Alles mögliche erfinden sie immerzu, aber nie etwas wirklich Praktisches wie ein Tarnkappe für Hunde.«

Diese Idee wurde mit Begeisterung aufgenommen, und alle vier ergingen sich in der herrlichen Vorstellung, daß sie und Wotan Tarnkappen hätten, und besonders Clemens malte immer neue Streiche aus, die sie auf diese Weise den Lehrern, Erziehern und allen lästigen Buben spielen könnten.

Inzwischen war es später geworden, als sie dachten, und Fluffi sagte plötzlich: »Halt, hört auf mit diesem Unsinn. Wir haben ganz einfach keine Tarnkappen. Jeden Augenblick kann der Turm kommen und Wotan unter dem Tisch liegen sehen.«

Alle sprangen auf und schoben den entrüsteten Wotan in den Kasten, wo er auf Fluffis gutes Zureden hin brav liegenblieb.

Bald darauf kam der Turm, und alles ging gut. »Aha«, sagte der Turm, »der Pepi schnarcht schon wieder«, und schon war sie aus dem Zimmer. Die Buben krochen wieder aus ihren Betten und zogen sich im Dunkeln aus. Wotan winselte im Kasten ganz leise, er schien wirklich schon zu schlafen. Sie ließen die Kastentür offenstehen, damit er ja nicht ersticken mußte, und krochen, jetzt wirklich schon recht müde, in ihre Betten zurück.

Auch am nächsten Morgen erwachte Fluffi sehr früh und fand Wotan am Fußende seines Bettes vor. Er streichelte die langen Ohren des Hundes, und plötzlich erinnerte er sich an eine Geschichte, in der ein Verbrecher einen anderen Mann hypnotisiert und ihm befohlen hatte, aus dem Fenster zu springen. Und das Opfer war wirklich ganz freudig zum offenen Fenster gegangen und hinausgesprungen.

Warum sollten sie nicht imstande sein, dem Turm auf diese Weise ein bißchen Tierliebe beizubringen? Wenn gleich *vier* Leute den Turm hypnotisierten, mußte es doch bestimmt wirken. Er erzählte Wotan leise von seinem Plan, und der legte die Stirn in tiefe Falten und lauschte aufmerksam und mit zuckenden Ohren auf jedes Wort. Wirklich, dachte Fluffi, ich glaube, er versteht jedes Wort. Sonst würde er doch nicht so dreinschauen. Wenn er reden könnte, wäre er gescheiter als die meisten Buben, die ich kenne. »Wuff«, sagte Wotan, so leise es ihm möglich war, und Fluffi faßte den Verdacht, daß dieser Hund sogar Gedanken lesen konnte. Sie unterhielten sich noch eine Zeitlang miteinander, und dann stieg Fluffi aus dem Bett, fütterte Wotan mit Keksen und schob ihn leise aus dem Zimmer. Die schwache Birne, die die ganze Nacht auf dem Gang brannte, gab wenig Licht, und in dieser trüben, kalten Dämmerung führte Fluffi seinen Freund Wotan hinunter ins Badezimmer und ließ ihn beim Fenster hinaus. Wotan richtete sich auf den Hinterbeinen auf, legte seine Vorderpfoten auf Fluffis Schultern und versuchte, ihm die Nase abzuschlecken.

»Laß das, Wotan«, sagte Fluffi, »ich schleck' dir ja auch nicht die Nase ab. Geh jetzt, du großes, kindisches Kalb.«

Wotan verschwand durchs Fenster und klatschte auf dem Boden auf, als wäre eine Kuh hinausgesprungen. Gut, daß die Erzieher einen so gesunden, festen Schlaf hatten und der Turm nicht im Haus wohnte.

Fluffi wanderte lautlos in seinen Pantoffeln die Stiege wieder hinauf und war plötzlich sehr zufrieden und froh. Er konnte sich gar nicht erinnern, jemals so froh gewesen zu sein. Oder ja, einmal, aber das war schon sehr lange her. Sein Vater hatte ihn in die Luft geworfen und wieder aufgefangen, und seine Mutter war dabeigestanden und hatte gelacht. Damals also mußten ihn seine Eltern noch gemocht haben, und sein Vater war oft zu Hause gewesen, aber Geld hatten sie nicht so viel gehabt. Es war auch in einer anderen Stadt gewesen. Fluffi erinnerte sich nur sehr dunkel an diese Zeit. Seine Mutter hatte damals Tommi zu ihm gesagt. Sonderbar, warum sie sich jetzt nichts mehr aus ihm machte. Nun, das war alles vorbei, und er würde heuer wieder sitzenbleiben und seine Eltern fest ärgern. Aber seltsamerweise macht ihm dieser Gedanke heute gar keinen Spaß. Überhaupt war es blödsinnig von ihm, immer sitzenzubleiben. Wenn er wieder nicht aufstieg, mußte er weg von Clemens, Schorschi und Pepi, und er würde Wotan nie wiedersehen und auch den guten Turm nicht.

Auf der Stiege traf er Herrn Rabl, der vom Heizkeller heraufgekommen war und irgend etwas an einem Heizkörper im ersten Stock gerichtet hatte. Herr Rabl, der überhaupt nicht wußte, was Neugierde war und sich auch niemals an irgendeinem Tratsch beteiligte, fragte ihn gar nicht, was er so früh auf der Stiege verloren hatte, und begrüßte ihn nur ganz erfreut. Sie unterhielten sich eine Zeitlang über das Fußballmatch, das sie am Sonntag nachmittag gesehen hatten, Herr Rabl war ein begeisterter Anhänger der Ortsmannschaft, und dann stieg Herr Rabl wieder in den Keller, und Fluffi begab sich gemächlich ins Fünferzimmer.

Er kroch in sein Bett zurück, das noch warm war, und gab sich angenehmen Träumereien über seine Hypnosepläne hin und stellte sich vor, wie der Turm Wotan liebgewinnen und sogar Flip und Flop streicheln würde.

Er hatte vorgehabt, in der Zehnuhrpause seinen Freunden davon zu erzählen, kam aber nicht dazu, weil in der Pause die ganze Schule sich über einen ruchlosen Anschlag auf Professor Waschl entrüstete. Irgend jemand hatte auf seine Tür Dumbo, den kleinen Elefanten aus der Mickymaus, geklebt, wie er gerade mit ausgebreiteten Ohren von einem hohen Felsen ins Tal fliegt. Bestimmt hätte der Professor nur gelächelt darüber und Dumbo von der Tür gekratzt. Aber ein Schüler aus der Vierten hatte am frühen Morgen, als er in den Waschraum gegangen war, das Bildchen entdeckt und sofort, um sich wichtig zu machen, alle seine Freunde geweckt und an den Tatort geführt. Schließlich hatte der Turm vor der Tür des Professors ungefähr zwanzig kichernde Buben gefunden, alle mangelhaft bekleidet, manche sogar barfuß, und hatte sie unter ärgerlichen Strafandrohungen wieder in ihre Betten getrieben. Aber natürlich wußte jetzt das ganze Internat von dieser Geschichte. Der Turm war sehr böse und hatte schon in jeder Klasse eine Strafpredigt gehalten über die Herzlosigkeit und Grausamkeit des Übeltäters, der aufgefordert wurde, sich freiwillig zu melden, um seine Lage zu verbessern.

Fluffi flüsterte hinter Schorschi: »Der meldet sich nie. Einer, der so gemein ist, meldet sich nicht freiwillig.«

Er sollte recht behalten.

Von zehn bis elf war Naturgeschichte, und die Buben trauten sich kaum, Professor Waschl anzuschauen. Der aber schien nicht im mindesten erregt oder gekränkt zu sein, höchstens belustigt. Schon nach zehn Minuten dachte kein Mensch mehr an die ganze Geschichte. Erst eine Woche später sollte durch eine dumme Streiterei im Achterzimmer herauskommen, wer den kleinen Dumbo an die Tür gepickt hatte, ein ohnedies recht übler Bub, dem Professor Waschl eine Nachprüfung gegeben hatte. Der Turm schlug sehr bittere Strafen vor, drei Sonntage Hausarrest und dergleichen. Aber Professor Waschl sagte, er wisse etwas viel Schmerzlicheres, und da ja *er* beleidigt worden war, mußte der Turm nachgeben. Und wirklich, die Strafe Professor Waschls war recht arg. Der Bub aus der Vierten mußte einen vier Seiten langen Aufsatz schreiben über das Thema: ›Warum ein Elefant nicht fliegen kann, und wären seine Ohren noch so groß‹. Und das in einer Zeit von acht Tagen. Der Sünder schwitzte ganz schön bei der Arbeit, noch dazu war er auch in Deutsch sehr schlecht, und es fiel ihm überhaupt nichts ein. Als er sein Machwerk endlich dem Professor vorlegte, war er ganz weich und zerknirscht. Professor Waschl lächelte nur und ließ die Blätter in die Schublade gleiten.

»Ich glaub'«, sagte nach des Turms Strafpredigt Fluffi nachdenklich zu seinen Freunden, »ich glaub', der Turm mag in Wirklichkeit den Waschl sehr gern. Man müßte etwas tun, um die zwei zu versöhnen, und das geht nur, wenn der Turm auch so tierliebend wird wie der Waschl. Wir müssen den Turm einfach hypnotisieren«, und er erklärte seinen staunenden Zuhörern den Plan.

»Ihr müßt ihr nur immer fest in die Augen schauen«, behauptete Fluffi, »und dabei denken: Alle Tiere muß man mögen! Alle Tiere muß man mögen! Oder: Bernhardiner sind schön und treu und haben keine Flöhe! Oder: Flip und Flop sind hübsche, brave Schildkröten und stinken überhaupt nicht! Versteht ihr? Lauter derartige Gedanken müßt ihr dem Turm übertragen, und das bei jeder Gelegenheit. Es wird euch schon das Richtige einfallen. Wir müssen sie aufpumpen mit Tierliebe und nicht nachgeben. Sie ist ein schwerer Fall, aber zu viert werden wir doch hoffentlich eine einzige Frau hypnotisieren können.«

»Hoffentlich«, sagte Pepi ein wenig zweiflerisch, »der Turm hat einen ganz unnatürlich starken Charakter. Es wird nicht leicht werden.«

Pepi sollte recht behalten. Der Turm hatte in den nächsten Tagen den Eindruck, als werde sie ungebührlich viel und oft angestarrt. Aber dies schien ihr gar nichts auszumachen, jedenfalls verlor sie kein Wort darüber. Sie war seit vielen Jahren an alle möglichen Dummheiten von Buben gewöhnt, und angestarrt zu werden war weiter nicht schlimm. Am zehnten Tag der Hypnose begegnete sie im Park dem freudig zu seinen Freunden strebenden Wotan. Herr Rabl mußte kommen und den gekränkten Hund auf die Straße setzen. Und der Turm warf ziemlich zaghaft einen Stein, ungefähr erbsengroß, auf Wotan, der ihn gar nicht spürte.

Die Buben waren sehr bedrückt über diesen Mißerfolg, besonders Fluffi biß so wild an seinem Daumen, daß er zu bluten anfing.

»Mach dir nichts draus«, sagte Schorschi, »Pepi hat schon recht gehabt. Sie hat einen viel zu starken Charakter. Wahrscheinlich ist sie auch zu groß und zu dick zum Hypnotisieren, da dringen unsere Gedanken gar nicht bis zu ihrem Gehirn durch.«

Aber Fluffi war untröstlich: »Der arme Wotan«, sagte er, »er wird glauben, wir mögen ihn nicht mehr.«

Aber damit hatte er Wotans Klugheit unterschätzt. Eine Stunde später drückte der Hund die Tür auf und kam winselnd ins Zimmer getrabt, schüttelte sein nasses Fell und hinterließ schmutzige Spuren auf dem Boden. Clemens schnappte sofort den alten Pullover und machte sich daran, den Gang und die Stiege unauffällig zu säubern.

Vielleicht war der Vorfall sogar günstig gewesen, denn Wotan hatte gelernt, daß er der großen Frau mit der lauten Stimme aus dem Weg gehen mußte, und möglichst auch Herrn Rabl, der ihn schmählich auf die Straße gesetzt hatte. Er war wirklich sehr klug und lernte immer noch eine Menge dazu. Längst hatten ihm die Buben eingetrichtert, daß er, sobald es hieß: »Wotan, marsch ins Bett!«, sofort sein Lager im Kasten aufsuchen und sich still verhalten mußte. Dann wurde die Tür vorübergehend zugedrückt, und Wotan bekam Luft durch vier große Löcher, die Pepi in die Rückwand des Kastens gebohrt hatte. Er hielt das alles für ein besonders lustiges Spiel, das seine Freunde für ihn ausgedacht hatten, und er wollte kein Spielverderber sein. Zum Glück war er von Natur aus ein ruhiges Tier und kläffte nicht, wie die kleinen Hunde. Er bellte überhaupt sehr selten, wenn er es aber tat, hätten ihm die Buben am liebsten das Maul zugehalten, er hatte eine noch viel lautere Stimme als der Turm. Und das konnte man ihm natürlich nicht ganz abgewöhnen, denn wie hätte er sonst seine Gefühle äußern sollen, er konnte ja nur bellen und mit dem Schwanz wedeln, um seine Meinung zu sagen, und eines allein war zu wenig.

Clemens war nach wie vor derjenige, der an nassen Tagen, auf dem Gang dahingleitend, Rad schlagend und sonstigen Unfug treibend, Wotans Spuren wegwischen mußte. Er wurde schon allgemein »Der rothaarige Kasperl aus der Ersten« genannt. Das war ihm aber ganz einerlei, und er nahm für Wotan gern diese Beleidigung auf sich. Er war immer noch in alle möglichen Raufhändel verwickelt, aber die anderen Buben hielten sich jetzt etwas zurück, weil sie Angst hatten, er könnte auf den Kopf fallen und wieder Gehirnerschütterung bekommen. Und daran wollte niemand schuld sein, außerdem hatte der Turm alle Buben im Speisesaal davor gewarnt. Das war übrigens gar nicht nach Clemens' Sinn, der bald keine richtigen Partner mehr zum Raufen fand und sich furchtbar ärgerte, wenn er merkte, daß man ihn schonte und auf ihn Rücksicht nahm.

Seitdem nun fast jeden Abend Wotan ins Fünferzimmer kam und seine Nächte dort verbrachte, hatten die Buben nie mehr Heimweh, und sie konnten den trüben November und ihre lästigen Schulsorgen viel leichter ertragen. Wotan war ein Freund, ein gutes, starkes Tier, das auf alle ihre Späße einging, sich mit ihnen auf dem Boden wälzte, Bälle einfing und Verstecken spielte. Und manchmal lag er nur so auf dem Boden, langausgestreckt und prächtig anzuschauen, und das allein genügte schon, um aus dem Fünferzimmer ein richtiges Zuhause, eine gemütliche, warme Höhle zu machen.

Aber wie es in einem Internat schon zugeht, es kann einfach nichts geheim bleiben. Es gab jetzt schon eine Menge Buben, die Wotan am Abend antraben gesehen hatten. Bald wußte das ganze Internat, einschließlich der Erzieher und der Küchenmädchen, daß er zu Fluffi gehörte und hier übernachtete. Die beiden Erzieher waren Fluffi wohlgesinnt und hatten selber Freude an Hunden, und deshalb hielten sie den Mund, und die Küchenmädchen hätten Fluffi um keinen Preis verraten. Zu fürchten war nur die Tratschsucht der Buben, besonders der kleineren. Fluffi beschloß, ein wenig vorzubeugen, und ging eines Abends von Zimmer zu Zimmer, und als er zurückkam, sagte er: »So, jetzt wird uns, hoffe ich, keiner verraten. Die Kleinen trauen sich nicht, ich hab' sie fürchterlich bedroht, und die Großen kümmern sich nicht um unsere Angelegenheiten. Der Rabl und seine Frau halten auch zu uns. Es könnte nur noch sein, daß der Waschl oder der Rex auf Wotan stoßen. Der Waschl würde uns nie verpetzen, und ich glaub', der Rex ist immer so in Gedanken versunken, daß er nicht einmal bemerkt, wenn ein Nilpferd auf dem Gang spazierengeht. Er denkt dauernd darüber nach, wie er den Turm im Schach besiegen könnte.«

»Aber«, sagte Pepi bedächtig, »das Wichtigste hast du vergessen. Was tun wir, wenn ihn der Turm erwischt?«

Und das war ja wirklich der wunde Punkt an dieser Sache.

»Da müssen wir einfach auf Draht sein«, sagte Clemens. »Ich tu' ja so schon genug und mach' den Hanswurst, wenn Wotan mit seinen riesigen Tatzen den Gang verdreckt hat. Und Fluffi steht in aller Früh auf und bringt ihn weg. Jetzt werdet eben ihr zwei Wache stehen, Wotan kommt immer zur gleichen Zeit, ihr müßt den Turm ablenken und irgendwohin locken, bis Wotan durch ist.«

Schorschi und Pepi schrieben sich das hinter die Ohren und waren jeden Tag auf ihrem Posten, und so ging vorläufig alles recht gut. Jeden Abend kam Wotan angetrabt, bekam ein paar Zuckerstückchen, die sich die Buben vom Tee aufgespart hatten, dann spielte er eine halbe Stunde mit seinen Freunden, verschwand gehorsam im Kasten und schnarchte mit Pepi im Duett.

Bis es dann doch einmal beinahe schiefging, wahrscheinlich waren die Buben schon ein wenig leichtsinnig geworden, aber sie hatten auch nicht erwartet, daß der Turm einmal früher als sonst erscheinen könnte. Wotan balgte sich gerade mit

Clemens herum, man sah nichts als einen Wirbel von Buben- und Hundebeinen und einen brandroten Haarschopf mitten in Wotans geflecktem Fell, als plötzlich die Schritte des Turms zu hören waren, die ganz schnell näher kamen. Wotan bellte gerade recht lustig, als Fluffi schrie: »Wotan, marsch ins Bett!« und die Kastentür aufriß.

Der verblüffte Wotan sprang auf, schüttelte sich und stieg gehorsam in sein Versteck. Fluffi stieß Clemens zu ihm hinein und zischte: »Halt ihm das Maul zu, wenn er bellen will!«

Da ging schon die Tür auf, und der Turm kam herein.

»Thomas«, sprach die große Frau, »mir war, als hätte ein Hund gebellt. Habt ihr vielleicht ein Radio, ihr wißt doch, daß es verboten ist.«

Aus dem Kasten ertönten verdächtige Geräusche, und Pepi sprang geistesgegenwärtig auf und scharrte mit den Sesselbeinen am Boden.

»Hör auf mit dem Gescharr, Josef«, sagte der Turm, »und du, Georg, schleif nicht so mit den Füßen herum, was soll denn das? Entsetzlich, daß ihr euch keine Minute ruhig halten könnt. Also, wo habt ihr euer verbotenes Radio?«

Da trat Pepi vor, wurde rot wie eine Tomate und sagte: »Bitte, Frau Doktor, ich habe gebellt. Wir haben daheim Hunde, und von denen hab' ich's gelernt.«

»So«, sagte der Turm interessiert, »du kannst

also bellen. Nicht schlecht, vielleicht kannst du das bei einer Theatervorführung brauchen. Bell mir doch einmal was vor!«

Pepi fing an zu bellen, und es klang großartig, laut und tief wie von einem sehr großen Hund. Wotan in seinem Versteck schien auch dieser Meinung zu sein. Offenbar konnte ihm Clemens nicht länger das Maul zuhalten, jedenfalls ertönte gedämpftes Knurren und Grollen. Sofort fing Schorschi, der sich vorsichtshalber an den Kasten gelehnt hatte, auch zu kläffen an, und es gelang ihm, die verdächtigen Geräusche zu übertönen. Der Turm, der ein wenig schwerhörig war und nicht genau unterscheiden konnte, woher ein Geräusch kam, sagte: »Genug, genug. Ihr seid beide gute Beller. Ich werd' es mir merken«, und verließ eilig das Zimmer.

Kaum war sie draußen, sprang die Kastentür auf, und heraus rollten ein schwitzender, feuerroter Clemens und ein bellender Wotan, der beleidigt war, weil man ihm das Maul zugehalten hatte. Er war gewiß ein guter Hund, aber das ging ja wohl zu weit, und seine Freunde sollten es nur nicht zu arg mit ihm treiben. Verstimmt setzte er sich in eine Ecke und sah recht faltig und vergrämt aus. Fluffi mußte ihm lange gut zureden und ihm ein Stück Schokolade schenken, um ihn zu versöhnen.

»Das war aber recht knapp«, sagte Schorschi

und, nach einem kurzen Schweigen: »Ob Hunde auch Schutzengel haben?«

»Du kannst ja den Ergo fragen«, sagte Fluffi spöttisch, »der muß es eigentlich wissen.«

»Aber der Clemens hat wirklich einen gehabt«, sagte Schorschi nachdenklich, »wie er damals vom Baum gefallen ist.«

Fluffi empfahl ihm noch einmal, den Ergo zu fragen, und fing an, sich auszuziehen.

Der Ergo war ihr Religionslehrer und hieß so, weil er jeden zweiten Satz mit »Ergo dessen« anfing, was so viel heißt wie daher oder deshalb. Er war nicht nur Religionslehrer, sondern alles, was man sich nur denken kann, Kindermädchen, Sanitäter, Nachhilfelehrer und das wandelnde Lexikon. Es gab fast nichts, was man ihn nicht hätte fragen können, und nach dem Turm war er der meistbeschäftigte Lehrer im Internat. Außerdem erteilte er gute Ratschlage, erzählte gern Witze und war der geborene Vermittler zwischen den Buben und dem Direktor. Wenn er etwas nicht wußte, versprach er, nachzuschlagen, denn er besaß eine große Bibliothek, und niemals vergaß der Ergo auf ein Versprechen. Seit Jahren bemühte er sich, den Turm mit Flip und Flop und damit auch mit ihrem Besitzer zu versöhnen, aber bisher war er immer am Starrsinn des Turms gescheitert. Manchmal war er aber ganz unerbittlich. So hatte er sich auch nicht für die drei Rotznasen eingesetzt, die Clemens hinter Hansi, dem Eichkater, hergehetzt hatten. Freilich hatten die Rotznasen schon sehr viel auf dem Kerbholz gehabt, und der Ergo hatte sich früher schon zweimal für sie verwenden müssen.

»Nein«, sagte Schorschi, »das kann ich ihn nicht fragen. Er wird glauben, daß ich ihn ärgern will.«

»Wenn ihr mir fünf Schilling zahlt«, mischte sich Clemens ein, »frag' ich ihn.«

Er war in großer Bedrängnis, weil sein Großvater, der schon vergeßlich wurde, kein Taschengeld geschickt hatte.

Pepi hatte selber nur noch drei Schilling, weil er so gern naschte und sein ganzes Geld zu Frau Weißhäuptl in die Konditorei trug. Schorschi besaß noch einen Zehner und erklärte sich schweren Herzens bereit, davon einen Schilling abzugeben. Er war nicht geizig, aber mehr konnte er wirklich nicht herschenken, weil seine Mutter bald Geburtstag hatte und er ihr eine besonders hübsche Karte schicken wollte. So mußte, wie immer, Fluffi den Rest bezahlen. Er hatte ja auch genug Taschengeld und tat es gern.

Am nächsten Tag, in der Zehnuhrpause, wartete Clemens aufgeregt auf das Erscheinen des Religionslehrers. Fluffi, Schorschi und Pepi hielten sich in der Nähe, um ja alles recht gut mit anhören zu können. Endlich bog der Ergo um die Ecke, ein kleiner, dicklicher Mann mit einer schön spiegelnden Glatze und einem rosigen Doppelkinn. Clemens trat auf ihn zu und sagte stotternd: »Bitte, Herr Professor, ich hätte eine Frage.«

»Heraus damit«, sagte der Ergo fröhlich, »aber ein bißchen dalli, dalli, ich muß schnell in die Vierte, die können ihren Lateintext nicht übersetzen und haben morgen Schularbeit. Also, sprich!«

»Ich möchte wissen«, sagte Clemens, »ob Hunde auch Schutzengel haben, Hunde und andere Tiere?«

Der Ergo sah erstaunt auf das kleine, sommersprossige Gesicht nieder und sagte nach ein paar Augenblicken: »Nein, Hunde und alle Tiere sind so erschaffen worden, daß sie nur das tun können, was für sie richtig ist. Nur der Mensch hat einen freien Willen, und deshalb weiß er meist nicht, was er tun soll, und macht ganz fürchterliche Dummheiten. Ergo dessen braucht er einen Schutzengel.« Er nahm seine Brille ab, putzte sie recht gründlich mit einem Rehlederfleckchen, und als er die Enttäuschung auf Clemens' Gesicht sah, fügte er rasch hinzu: »Aber ich kann mir vorstellen, daß der Schutzengel eines Menschen auch auf dessen Hund aufpaßt und natürlich auch auf dessen Kanari oder auf dessen Schildkröte. Ja, so wird es wohl sein. Und jetzt halt mich nicht auf und geh deine Milch trinken, du bist viel zu dünn.«

Und er eilte leichtfüßig der vierten Klasse zu,

wo schon verzweifelte Gesichter durch den Türspalt spähten und auf ihn warteten.

Inzwischen war es Dezember geworden. In zwei Tagen sollte der Nikolaus kommen, und darob herrschte große Aufregung unter den Kleinen, während die Großen in ihrer Ecke im Speisesaal so taten, als interessierten sie sich überhaupt nicht mehr für so kindische Angelegenheiten. In Wirklichkeit warteten aber auch sie sehnsüchtig auf ein Paket von zu Hause, denn Buben haben immer Appetit auf etwas Süßes, auch wenn sie schon knapp vor der Matura stehen und heimlich im Park rauchen. Auch auf dem Klo roch es immer nach Zigaretten, und sogar Fluffi behauptete, schon dreimal das Rauchen probiert zu haben.

»Es ist mir gar nicht schlecht davon geworden«, hatte er seinen Freunden erzählt, »aber ein Wurstbrot oder eine Tafel Schokolade ist mir, ehrlich gesagt, lieber.«

Sonderbarerweise ging der Turm diesen Gerüchen nicht allzu eifrig nach, und jeder wußte, daß sie selber rauchte, wenn auch nicht im Internat.

Manchmal, wenn die Tür zum Professorenzimmer offen stand, sah man die Köpfe der Lehrer nur undeutlich hinter grauen Rauchschleiern, und ihre Anzüge, ja sogar ihre Haare rochen nach diesem Rauch. Nur der arme Professor Schnüffel klagte ständig über die Luft im Professorenzimmer. Er wurde zwar bemitleidet, aber keiner hörte seinetwegen zu rauchen auf.

»Eigentlich«, sagte Schorschi einmal zu seinen Freunden, »sind sie nicht zu begreifen. Sie rauchen, obwohl es ihnen schädlich ist, und uns verbieten sie Zuckerln und Schokolade, weil wir davon schlechte Zähne bekommen.«

»Na«, sagte Fluffi, »und ißt du vielleicht deshalb ein Zuckerl oder eine Rippe Schokolade weniger?«

»Nein«, mußte Schorschi zögernd zugeben.

»Klar«, sagte Fluffi. »Sie sind halt auch nur Menschen, und alle die Buben, die jetzt naschen, rauchen später Zigaretten, oder sie naschen weiter, bis sie keinen einzigen Zahn mehr haben.«

»Sogar Hunde fressen gern Zucker«, sagte Pepi nachdenklich, »und unser Brauner ist ganz gierig auf Zigarettenstummel, es muß wirklich was dran sein, wenn es uns auch nicht schmeckt.«

»Ekelhaft«, rief Clemens und fing an, einen Vortrag zu halten über die Ungerechtigkeit der Erwachsenen, und wie er, wenn er einmal Richter sein würde, diese Scheinheiligkeit ausrotten wollte.

»Du hast einen ganz schönen Vogel«, sagte Pepi spöttisch, »ich seh' dich schon hinter deinem Schreibtisch sitzen mit einer dicken Zigarre im Mund, und mit deinem kleinen Buben wirst du schimpfen, weil er Zuckerln nascht.«

»Nie«, schrie Clemens aufgebracht und wollte

schon auf Pepi losgehen, als Wotan, der unter der Heizung lag, plötzlich aufstand und unruhig von einem zum anderen ging und ihnen seine Pfote auf die Knie legte, als wollte er sagen: »Streitet doch nicht, ich will in Frieden ein bißchen schlafen.«

Alle lachten und streichelten ihn, und Fluffi sagte: »Wer weiß, wie wir selber einmal sein werden, aber so wie mein Alter werd' ich bestimmt nicht, ich geh' mit meinem Sohn spazieren und unterhalt' mich mit ihm, und manchmal werd' ich ihm sogar einen Brief schreiben, er muß ja nicht lang sein.«

Die anderen schwiegen beklommen. Sie bekamen immer Briefe von daheim. Sogar Pepis Mutter, die wirklich sehr wenig Zeit hatte, setzte sich manchmal abends hin und schrieb ihrem Sohn, was es auf dem Hof Neues gab, was der Braune machte und die Hunde und Pepis weiße Lieblingskatze. Und fast jede Woche schickte sie ihm einen schönen, braunen Nußstrudel, der ganz herrlich schmeckte und den Pepi großzügig mit seinen Freunden und Wotan teilte.

Clemens' Mutter schrieb besonders lange und ausführliche Briefe und legte Fotografien bei, sie schien sich an das neue Leben in der Fremde nicht recht gewöhnen zu können. Es war bestimmt ein Glück, daß sie wenigstens die kleine Rosutta bei sich haben konnte. Auch Schorschi bekam regelmäßig Briefe, bei ihm schrieb oft der Vater, der in seinem Büro eher zum Schreiben kam als die Mutter neben den Zwillingen. Sogar Dorli schrieb ihm einmal aus ihrem Internat in der Stadt.

»Lieber Bruder!« schrieb sie. »Wie geht es Dir? Mir geht es gut. Hier ist es wunderschön, nur das Essen ist nicht halb so gut wie bei Mama. Ich lerne Klavier spielen, das könntest Du nie, so schwer ist es. Alle Mädchen reißen sich um mich. Froh bin ich, daß hier keine Buben sind, die uns stören. Ich hab' eine Freundin, die heißt Gertrude. Sie hat mir eine Seife geschenkt, die riecht sehr vornehm. Ich hoffe, Du wirst jetzt ordentlich und lernst endlich Rechtschreiben. Dies wünscht Dir

Deine Schwester Dorothea«

»So eine blöde Gans«, fauchte Schorschi entrüstet, »was die sich einbildet!« Und er nahm sich vor, den Brief zu zerreißen, aber dann steckte er ihn in die Tasche, und manchmal las er ihn wieder und ärgerte sich von neuem, aber wegwerfen tat er ihn nicht. Er fand, auf einen so frechen Brief brauchte man nicht zu antworten, und darüber war er sehr froh, denn er schrieb sehr ungern, und mit seiner Rechtschreibung war es wirklich nie weit her gewesen. Überhaupt waren die Sprachen nicht seine Stärke, Mathematik dagegen fiel ihm nicht schwer, und am liebsten hatte er Naturgeschichte. Professor Waschl hatte aber auch eine Art vorzutragen, daß keiner in seiner Stunde in Versuchung kam, zu schwätzen oder Unfug zu treiben. Am schwersten fiel Schorschi Englisch. Er konnte sich nicht daran gewöhnen, daß jedes Wort anders ausgesprochen wurde, als es auf dem Papier stand. Die Engländer, die diese Sprache erfunden hatten, mußten wirklich nicht ganz bei Trost gewesen sein.

Bis zum nächsten Tag hatten sie ein englisches Gedicht zu lernen, das ging so:

»Baa, baa, black sheep, have you any wool?
Yes, Sir, yes Sir, three bags full.
One for the master and one for the dame
and one for the little boy that lives in the lane.«

Pepi tat sich besonders schwer damit, sein Englisch wolllte und wollte nicht so klingen, wie der Rex es vorgesagt hatte.

»So ein Unsinn«, murmelte er. »Ich hab' noch nie ein Schaf gesehen, das auf Fragen antwortet. Und die Frage ist auch dumm, denn es sieht jeder auf den ersten Blick, ob ein Schaf Wolle an sich hat oder nicht. Wenn mein Vater wüßte, was für dummes Zeug ich da lernen muß, vielleicht müßte ich dann gar nicht studieren.«

Schorschi fand zwar den Gedanken ganz hübsch, daß man sich mit einem Schaf unterhalten konnte, aber er mußte Pepi recht geben. Schafe konnten einfach nicht reden, und wenn die Engländer hundert Gedichte darüber schrieben. Fluffi meinte, ihm seien alle Schafe ganz egal, und er habe das Gedicht jetzt schon so oft gehört, daß er es ganz gegen seinen Willen auswendig könne. Überhaupt werde es ihm noch geschehen, daß er einmal versehentlich einen Vierer bekäme statt eines Fünfers, und das wäre ihm recht peinlich.

Er setzte sich auf den Boden und legte den Kopf auf Wotans Schulter. Alle wußten sie, er hoffte, seine Eltern würden ihm zu Nikolo ein Paket schicken oder einen Brief schreiben, und sie hofften es mit ihm, aber keiner redete darüber. Fluffis Unglücklichsein lag wie eine schwarze Wolke über der kleinen Gesellschaft. Schorschi dachte oft darüber nach und konnte einfach nicht verstehen, warum Fluffis Eltern ihren Sohn so schlecht behandelten. Er war doch ein so feiner Kerl, und er konnte kämpfen wie kein zweiter. Nur weil er die »f« nicht gut sagen konnte? Aber das war wohl nicht der Grund: Fluffis »f« klangen sehr lustig und gar nicht störend. Es war einfach ein Rätsel. Er stand auf und setzte sich an Wotans andere Seite und flüsterte in sein Schlappohr: »Baa, baa, black sheep, have you any wool?« Wotan zuckte mit dem Ohr, sagte ganz leise »Wuff« und sah geduldig zu, wie Schorschi aus seinem langen Haar Zöpfchen flocht. Er konnte nicht begreifen, wozu das gut sein sollte, aber er nahm es hin, weil es einer seiner Freunde tat, und Wotan hatte großes Vertrauen zu seinen Freunden.

Plötzlich hob Clemens den Kopf von seinem Buch und sagte: »Ihr seid wirklich zu dumm. Warum soll ein Schaf nicht reden können? In den Märchen können alle Tiere reden. Es wäre doch fein, wenn sie wirklich eines Tages reden könnten, nicht? Wotan und Hansi und Flip und Flop und sogar die kleinen Fischchen im Aquarium. So wissen wir überhaupt nicht, was sie alles erleben. Vielleicht kommt eines Tages ein Gelehrter und bringt ihnen das Reden bei.«

»Du spinnst schon wieder«, sagte Pepi gelangweilt, »aber du kannst es ja einmal probieren. Wer weiß, was deine Fischchen dir dann sagen werden, vielleicht: ›Verschwinde, und laß uns in Ruhe, du lästiger Kerl!‹«

»Mit dir red' ich gar nicht«, sagte Clemens hochmütig, »du oller Speckknödel.«

»Kusch!« rief Fluffi dazwischen. »Heute werdet ihr nicht streiten, ihr zwei, paßt lieber auf, ob der Turm nicht kommt!«

Pepi verzieh den Speckknödel, und Clemens beugte sich wieder über sein Buch. Es wäre wirklich nicht ratsam gewesen, sich so knapp vor Nikolo noch eine Strafe zuzuziehen.

Am nächsten Tag waren sie in der Schule unnatürlich brav, so brav, daß es sogar den Professoren langweilig wurde. Keiner scharrte, wetzte und schwätzte, keiner schoß Papierkugeln zur Tafel, und keiner beschmierte das Hemd seines Vordermanns mit Tinte. Die Zeit kroch nur so dahin. Am Nachmittag, in der Studierstunde, wurde die Spannung ganz unerträglich. Zum Glück war, zur Feier des Tages, das Abendessen früher angesetzt worden. Und endlich war es wirklich soweit, und man ging in den Turnsaal im Keller. Dort waren Sessel für die Lehrer aufgestellt worden, und dahinter standen im Halbkreis die Buben und warteten. Sie konnten den Mund nicht halten vor Aufregung, aber sie mußten nicht lange warten.

Der Nikolo war in diesem Jahr sehr groß und dick, und Fluffi behauptete, es wäre der Sohn vom Ochsenwirt. Er merkte es an seiner Aussprache, der hatte nämlich in Tirol gelernt, und auch an den Schuhen konnte man es sehen, denn außer dem Ochsenwirt-Toni hatte niemand Schuhnummer 47 im Ort. Jedenfalls sah er sehr prächtig aus in seinem wallenden, weißgoldenen Mantel und mit dem seidenweichen Bart. Jeder Schüler wurde aufgerufen, und der Nikolo las ihm die Liste seiner Sünden aus einem dicken Buch vor, rügte und ermahnte ihn und holte schließlich eine Handvoll Süßigkeiten aus seinem Sack. Und dann kam der Krampus zu seinem Recht und die Habergeiß, die dem Krampus wie ein Hund folgte und sehr lustig aussah mit ihren Hörnern, der schwarzen Larve und dem kleinen, kecken Schwanz.

Der Krampus war ohne Zweifel Herr Rabl, aber wer die Habergeiß war, konnte nicht festgestellt werden, weil sie nur immer meckerte und kein Wort sprach. Der Rabl-Krampus und seine vierbeinige Gehilfin jagten die Buben durch den Saal, und der Krampus wichste ihnen seine Rute um die Waden. Es gab viel Geschrei und Gelächter, besonders, als es einem Frechdachs gelungen war, der Habergeiß ihr Schwänzchen zu rauben.

Endlich klatschte der Turm in die Hände, und der Nikolo winkte den Krampus und die betrübte Habergeiß zu sich und verließ mit ihnen den Turnsaal. Schorschi schaute ganz genau hin und sah, daß der Nikolo wirklich sehr große Füße hatte, es mußte doch der Toni vom Ochsenwirt sein.

Jetzt waren die Buben nicht mehr zu halten und stürmten die Stiege hinauf und in ihre Zimmer. Schorschi, Pepi und Clemens zitterten ein bißchen für Fluffi, und leider zeigte sich, daß sie dazu Grund gehabt hatten. Fluffi hatte wirklich kein Paket auf seinem Nachtkästchen stehen, nur eine Geldanweisung lag dort mit ein paar Banknoten. Fluffi nahm die Anweisung in die Hand und drehte sie herum.

»Diesmal hat er mir sogar Grüße geschickt«, sagte er betont gleichgültig. »Wahrscheinlich hat ihm das seine Sekretärin geraten, zwischen zwei Unterschriften; das ist nämlich eine ganz nette Frau. Na ja, ich hab' ja auch keinen Brief erwartet.« Und er schob das Geld nachlässig in die Tasche. »Und jetzt«, sagte er und versuchte fröhlich auszusehen, »zeigt mir doch, was ihr alles bekommen habt!«

Aber die andern Buben hatten die Lust zum Auspacken verloren. Pepi sagte: »Zeig mir die Postanweisung, Fluffi!«

Fluffi streckte ihm das Papier wortlos hin.

»Grüße, Vater«, las Pepi vor, und dann sagte er bedächtig: »Ich glaub', du tust ihm unrecht, Fluffi. Er hat doch an dich gedacht, nicht? Und um dieses Geld könntest du dir zehn von unseren Paketen kaufen. Vielleicht schreibt er überhaupt nicht gern, du schreibst ihm ja auch nie. Wahrscheinlich ist dein Vater genauso wie du und möchte auch gern gut mit dir sein und weiß nicht, wie er es anfangen soll.«

»Ich glaub's zwar nicht«, seufzte Fluffi, »aber sagen wir halt, es stimmt. Heute möcht' ich gern lustig sein.« Damit hatte Pepi, wie schon so oft, den Abend gerettet. Er verteilte einen riesigen Nußstrudel, Clemens gab von seinen Nüssen, Datteln und Orangen, und Schorschi verteilte Schokolade an seine Freunde. Dann aßen sie noch eine hausgemachte Wurst von Pepi, die ganz wunderbar schmeckte, Bananen, Feigen und Mandeln. Wotan ließ es sich natürlich auch nicht schlechtgehen und war hocherfreut über den plötzlichen Reichtum seiner Freunde. Endlich, als sie vor Müdigkeit nicht mehr aus den Augen schauen konnten, gingen sie zu Bett. Als besonderes Geschenk des Turms mußten sie sich zu Nikolo am Abend nicht waschen und die Zähne putzen.

Als alles ganz still war, kam Wotan und legte sich zu Fluffis Füßen. Er hatte genau gemerkt, daß sein Herr traurig war, und so legte er seinen riesigen wolligen Kopf auf Fluffis Hand und winselte ganz leise. Fluffi streichelte seine Ohren und spürte, wie ihm leichter ums Herz wurde. Vielleicht hatte Pepi wirklich recht, vielleicht hatte sein Vater doch an ihn gedacht. Freilich, seine Mutter hatte gar nicht geschrieben, aber wer weiß, wo sie gerade reiste. Es war nicht schön von ihr, ihn so zu vergessen. Trotzdem konnte Fluffi ihr nicht wirklich böse sein. Sie hatte ganz einfach keine Zeit, an ihn zu denken. Sie blieb so ungern zu Hause und ging so gern auf Festlichkeiten und ins Theater. Niemand, der sie kannte, konnte ihr böse sein, nicht einmal sein Vater, dem es bestimmt nicht recht war, daß sie ihn immer allein ließ. Plötzlich tat Fluffi sein Vater leid. Er hatte keinen Wotan, der ihn tröstete, wenn er allein und traurig war. Fluffi flüsterte noch eine Weile mit Wotan, und dann fielen auch ihm die Augen zu. Im Zimmer roch es herrlich nach Nüssen, Schokolade, Orangen und Mandarinen und ein bißchen nach Hundefell.

Je näher Weihnachten kam, desto mehr wurde in der Schule von den Buben verlangt. Es war wirklich eine fürchterliche Plage! Pepi und Schorschi lernten in der Studierstunde, bis sie rote Ohren bekamen. Sogar Clemens, der so leicht lernte, daß er meist in der Studierstunde lesen konnte, mußte sich endlich auf den Hosenboden setzen und Mathematik üben. Weil ihm das nämlich nicht lag, hatte er es bisher ganz vernachlässigt, und das rächte sich jetzt. Da er das Pech hatte, neben einem ausgemachten Dummkopf zu sitzen, mit dem er noch dazu verfeindet war, konnte er nicht einmal auf ein bißchen nachbarliche Hilfe bei den Schularbeiten rechnen. Die Bruchrechnungen, mit denen er sich jetzt befassen mußte, langweilten ihn sehr, außerdem wollten sie ihm überhaupt nicht einleuchten. Es war ganz sonderbar: Sobald Clemens vor Zahlen saß, war seine Klugheit wie weggeflogen, und sein Kopf wurde wüst und leer. Es war ihm aber klar, daß er diese Hürde nehmen mußte, wenn er Richter werden wollte, selbst wenn er als Richter nicht einmal addieren mußte. Schon jetzt nahm er sich vor, sofort nach der Matura alle Mathematikbücher zu verbrennen und sich nie mehr mit diesen feindseligen Zahlen zu befassen.

Das Schwätzen in der Studierstunde, sonst ein vielbetriebener Sport, hatte ganz aufgehört, und der junge Erzieher an seinem Pult konnte endlich einmal in Ruhe ein Buch lesen oder einen Brief schreiben. Nur Fluffi führte ein angenehmes Leben. Da er ja nicht lernen wollte, las er eine Indianergeschichte nach der anderen. Dabei hatte er den Atlas vor sich aufgeschlagen und tippte von Zeit zu Zeit mit dem Finger irgendwohin. Er hätte aber nicht einmal so viel tun müssen, denn der Erzieher hatte ihn ganz aufgegeben und ließ ihn in Ruhe, solange er nicht schwätzte und die anderen Buben nicht störte. Allen Lehrern und Erziehern war klar, das Fluffi nur noch bis zum Sommer im Internat sein würde. Sie bedauerten es, aber da Fluffi nicht lernen wollte, konnten sie ihm nicht helfen. Der Turm versuchte sogar jetzt noch von Zeit zu Zeit, ihm den Kopf zurechtzusetzen, und redete auf ihn ein wie auf ein störrisches Maultier, und einmal, gereizt von Fluffis Verstocktheit, hatte sie ihm sogar eine Ohrfeige angedroht. Es blieb bei der Drohung, und Fluffi sah der großen, vertrauten Gestalt bekümmert nach und dachte, daß er vom Turm auch eine Ohrfeige ohne Groll eingesteckt hätte. Jedenfalls hätte er es nur gerecht und in Ordnung gefunden.

Es war wirklich eine Erlösung, als es endlich zu schneien anfing und der Park bald weißverzuckert dalag. Die lange, trübe Regenzeit hatte sie alle ganz mürrisch gemacht. Jetzt konnten die Buben sich endlich wieder richtig austoben, und sie veranstalteten sofort im Park eine wilde Schneeballschlacht. Und wer sprang plötzlich freudig aufheulend zwischen sie und wälzte sich mit ihnen im Schnee? Natürlich der unselige Wotan, der beim Anblick des fröhlichen Getümmels jede Vorsicht vergessen hatte. In seinem Freudenrausch übersah er den Turm, der plötzlich, in einen grauen Schal gewickelt, auf der verschneiten Wiese stand. Wotan streckte alle viere in die Luft und sah so komisch aus, daß sogar der Turm lachen mußte. Aber leider nicht lange, gleich darauf hieß es: »Georg, hol den Herrn Rabl, dieses Ungeheuer kommt mir bekannt vor, ich hab' es schon einmal auf die Straße setzen lassen und werd' es gleich wieder tun.«

»Das ist kein Ungeheuer«, sagte Fluffi heftig, »sondern der Hund vom Ochsenwirt. Er ist lammfromm und folgt aufs Wort.«

»So, so«, brummte der Turm, »dann sag ihm, er soll zum Ochsenwirt gehen und dort bleiben und sich nie mehr blicken lassen. Lammfromm! Daß ich nicht lache! Schau dir doch dieses Ungetüm an, mit einem Biß kann er dir das Gesicht herunterreißen.«

Wotan, der begriffen hatte, daß von ihm die Rede war und daß er sich hier nicht hätte blicken lassen dürfen, stand auf, schüttelte sein Fell aus und sah reumütig aus seinen schönen braunen Augen zu Fluffi auf.

Schorschi dachte: Was für ein Glück, daß er

nicht verstanden hat, was der Turm gesagt hat. Er hätte sich bestimmt sehr gekränkt. Nein, der Turm mußte wirklich ganz und gar verblendet sein.

Fluffi sagte: »Komm, Wotan, ich bring' dich hinaus«, und der große Hund stapfte betrübt hinter ihm her zum Parktor. Draußen auf dem Weg stellte er sich auf die Hinterbeine und preßte seine Nase gegen das Gitter, um von Fluffi Abschied zu nehmen. »Lauf schon, Wotan«, sagte Fluffi leise, »mach dir nichts draus, daß sie dich nicht mag. Sie kennt dich eben nicht.«

Wotan wedelte mit dem Schweif und lief brav dem Ort zu. Es war wirklich ein Glück, daß er so gutartig und gehorsam war und alles tat, was Fluffi von ihm verlangte.

Noch zweimal erschien Wotan zu einer Schneeballschlacht, zur größten Freude aller Buben, raste hinter Schneebällen her, wälzte sich im Schnee und ließ seine langen Ohren im Wind fliegen. Und wieder wurde er vom Turm erwischt und mußte von Fluffi weggebracht werden. Jeden Abend grübelten die vier Buben darüber nach, wie sie Wotan dem Turm lieb und angenehm machen könnten. Aber ihre Köpfe waren wie verstopft, wie Schorschi behauptete, vom vielen Lernen. Überhaupt, darüber waren sich alle einig, konnte es nicht gesund sein, so viel zu studieren, man bekam Kopfweh davon und heiße Ohren, und das war das

Unangenehmste, was es gab, noch schlimmer als Magendrücken.

Am Abend, nach dem Essen, wenn sie in ihrem Zimmer saßen, konnte jetzt nur Fluffi mit Wotan spielen, die andern mußten lernen. Schorschi befaßte sich mit dem Eferdinger Becken, einer, wie ihm schien, sehr öden Gegend, in der es nur Gemüse gab; Clemens plagte sich mit den rätselhaften Bruchrechnungen, und Pepi murmelte englische Vokabeln vor sich hin, die aus seinem Mund gar nicht englisch klangen. Plötzlich schlug er sein Heft zu, warf es auf den Tisch und schrie: »Jetzt hab' ich aber genug! Entweder, ich kann's mir leicht merken, oder nicht, *so* plagen mag ich mich nicht mehr!« Und er schritt zu seinem Kasten, holte eine ziemlich große Wurst heraus und verteilte sie in der Runde, und natürlich vergaß er auch Wotan nicht. Die andern fanden, sie könnten auch aufhören, und steckten ihre Hefte in die Schultasche.

»Erzähl uns halt was«, sagte Fluffi zu Clemens, der die Gabe hatte, spannende Geschichten zu erfinden. Es wurde immer ein Spaß, wenn er eine Geschichte erzählte, weil er sich so in Eifer redete und die andern ihn dann ganz schön aufziehen konnten. Aber immer wieder ließ er sich dazu überreden, auch an diesem Abend.

»Ich könnte euch von meinem Vetter Hassan erzählen, dem Haifischjäger«, sagte Clemens.

»Was?« rief Pepi. »Wieso heißt denn dein Vetter Hassan, so heißen doch nur Araber.«

Aber Clemens wußte immer eine Antwort.

»Eine Tante von mir«, behauptete er, »hat einen Scheich geheiratet, einen Muselman.«

»Was hat sie geheiratet?« erkundigte sich Pepi.

»Ihr ungebildeten Burschen!« schrie Clemens. »Ein Muselman ist ein Mohammedaner, ein Araber. Deshalb heißt mein Vetter Hassan. Sie hat ein trauriges Leben gehabt, ihr Mann hat sie nie auf den Markt gehen lassen zum Einkaufen. Immer hat sie im Haus sitzen müssen, und so ist sie bald an Bleichsucht gestorben. Aber Hassan, der ist noch immer in Arabien und erlebt die wildesten Abenteuer. Bei jedem Aufstand ist er dabei, und dort gibt es immer irgendwo einen Aufstand. Außerdem ist er der berühmteste Haifischjäger im Pazifischen Ozean.«

»Ha!« lachte Pepi boshaft. »Wo ist der Pazifische Ozean und wo ist Arabien? Sogar ein Speckknödel weiß, daß die nie zusammenkommen, du Obergescheiter.«

Clemens sah gekränkt drein. »Du bist aber wirklich ekelhaft kleinlich«, sagte er, »dann war's halt ein anderer Ozean, das kann man ja einmal verwechseln. Soll ich jetzt erzählen oder nicht?«

»Ja, erzähl nur«, fiel Schorschi ein. »Ich möcht' nur noch wissen, wie alt dein Vetter ist und wie er ausschaut, damit ich mir alles besser vorstellen kann.«

»Zwölf Jahre ist mein Vetter«, sagte Clemens, »und er schaut fast so aus wie ich, nur größer und braun von der Sonne.«

»Das glaub' ich nicht«, murrte Pepi. »Wenn er ein Araber ist, kann er nicht wie du ausschauen, und wenn er ausschaut wie du, kann er nie braun werden, weil er nur einen Mordssonnenbrand kriegt.«

»Ja«, sagte Schorschi, »und wieso darf er denn mit zwölf Jahren bei jedem Aufstand dabeisein, erlaubt ihm denn sein Vater das?«

Clemens wurde langsam gereizt.

»Ihr seid einfach zu dumm«, sagte er. »Alle Araber sind frühreif. Mit zehn Jahren gehen sie zum Militär, und mit dreizehn machen sie Matura, oder umgekehrt, ich kann mir das nie so genau merken, und in Arabien ist es eine Ehre, bei einem Aufstand dabeizusein. Vielleicht schaut er nicht ganz genauso aus wie ich, seine Haare sind dunkler, braunrot mit einem schwärzlichen Stich, und deshalb kann er auch braun werden in der Sonne, aber sonst ist die Ähnlichkeit sehr groß. Und wenn ihr nicht zuhören wollt, müßt ihr's nur sagen. Ich kann ja auch den Mund halten.«

»Erzähl schon!« riefen die drei wie aus einem Mund.

Clemens fühlte sich geschmeichelt. »Wollt ihr das Abenteuer bei den Rifkabylen hören oder die Geschichte vom Sklavenkutter?«

»Wer sind denn die Rifkabylen?« fragte Schorschi, »das muß man doch schließlich vorher wissen.«

»Ja, gibt's denn das!« schrie Clemens. »Du hast noch nie von den Rifkabylen gehört? Das ist ein Bergvolk irgendwo in Afrika, die mutigsten Kämpfer weit und breit. Also, mein Vetter, der Hassan, war damals bei der arabischen Armee als Späher und ist den Kabylen in die Hände gefallen.«

»Wenn's dir nichts ausmacht, Clemens«, sagte Fluffi, »möchte ich lieber die Geschichte vom Sklavenkutter hören. Ich hab' das Meer gern, und Berge seh' ich hier jeden Tag genug.«

Clemens fluchte ein bißchen, fing aber dann doch an, vom Sklavenkutter zu erzählen. Es war eine ziemlich lange und verwickelte Geschichte, und sie wurde auch nicht klarer durch die vielen Fragen, die Schorschi und Pepi stellten. Hassan entging haarscharf allen Gefahren, dreimal wurde er ausgepeitscht, einmal mit einem Dolch verwundet, und am Ende wagte er die Flucht mit einem Sprung ins Meer. Als aber die Haifische sein Blut rochen, kamen sie sofort angesaust und umkreisten ihn gierig, aber Hassan fand sogar einen Ausweg aus dieser hoffnungslosen Lage. Er schnitt sich mit seinem Taschenmesser, das er immer im Gürtel trug, zwei Finger der linken Hand ab und warf sie den Haifischen zum Fraß vor, dann gelang es ihm, die Küste zu erreichen, »und«, schloß Clemens, »dafür hat er vom Kalifen von Bagdad einen smaragdenen Orden bekommen«.

Es war spät geworden, und bestimmt würde gleich der Turm kommen. Schorschi fühlte sich schon recht müde. Fluffi trieb Wotan in den Kasten, und dann liefen die Buben schnell in den Waschraum.

Später, im Bett, als es schon still und dunkel war, sagte Pepi plötzlich: »Gib ehrlich zu, Clemens, daß du gelogen hast, es gibt gar keinen Hassan. Und solche Abenteuer kann kein Mensch aushalten. Das von den Haifischen glaub' ich auf keinen Fall.«

Clemens sprang wie der Blitz aus dem Bett und warf sich auf den quietschenden Pepi. Fluffi knipste sein Lämpchen an, und man sah nichts als einen Wirbel von Armen, Beinen und Haaren. Wotan kam aus dem Kasten und stürzte sich freudig bellend in das Kampfgetümmel. Er glaubte, seine Freunde hätten diesen nächtlichen Spaß nur für ihn aufgeführt, und Wotan, wie alle Hunde, war immer froh, wenn es ein bißchen Abwechslung gab.

»Still, ihr Narren«, zischte Fluffi, und »Kusch, Wotan, du verrücktes Kalb. Wenn ihr nicht sofort aufhört, komm' ich und zeig' euch einmal, was raufen heißt. Der Turm kann immer noch in der Nähe sein.«

Das ernüchterte die Raufhähne, und Clemens kletterte betreten in sein Bett zurück. Auch Wotan trabte enttäuscht in den Kasten, und wenige Augenblicke später schnarchte Pepi schon. Er konnte am schnellsten von allen einschlafen. Auch Schorschi fielen die Augen zu. Er hörte noch aus weiter Ferne Fluffis Stimmme sagen: »Mach dir nichts draus, Clemens, der Pepi hat überhaupt keine Phantasie und kann sich einfach nichts vorstellen, was er nicht selber gesehen hat. Mir hat deine Geschichte gefallen: Dein Vetter Hassan ist ein prima Kerl. Morgen erzählst du uns von den Rifkabylen, und wenn der Pepi dreinredet, kriegt er von mir eins hinter die Ohren!«

»Weißt du, Fluffi«, kam es kleinlaut zurück, »der Pepi hat eigentlich recht. Ich hab' wirklich keinen Vetter Hassan, ich hab' ihn mir nur erfunden, nur so zum Spaß. Wenn ich im Bett lieg', denk' ich mir seine Abenteuer aus.«

»Macht nichts«, sagte Fluffi. »Wenn einer so weit weg in Arabien lebt, ist es eigentlich ganz gleich, ob es ihn wirklich gibt oder nicht. Mir gefällt dein Hassan.« –

Schorschi und Pepi freuten sich schon sehr auf Weihnachten. Clemens war eher traurig, weil er seine Familie nicht sehen konnte, aber er freute sich doch auch auf seinen Großvater, den alten Richter, und auf seine Großmutter, die herrliche Vanillekipferl backen konnte. Nur Fluffi freute sich gar nicht. Seine Eltern fuhren jedes Jahr mit ihm in ein teures Hotel zum Schifahren. Das Schilaufen gefiel ihm ja, und er konnte es auch schon recht gut, aber seine Eltern sah er eigentlich nur zu den Mahlzeiten. Am Abend mußte er zu Bett, während sie sich noch in der Bar unterhielten und seine Mutter bis in die Nacht hinein tanzte. Er lag dann ganz allein in seinem Zimmer, einem hübschen, warmen Zimmer, und sah hinaus auf die Schneehänge. Da sie jedes Jahr anderswohin fuhren, konnte er auch keine Freundschaften schließen. Einmal hatte er eine kleine gescheckte Katze liebgewonnen, die Mitzi geheißen hatte, einmal einen zahmen Rehbock, aber er hatte beide nie mehr gesehen.

»Wißt ihr«, sagte er zu seinen Freunden, »ich freu' mich schon wieder, wenn wir alle zurück sein werden, ich gehör' doch nur ins Internat, zu euch und zu Wotan. Hier bin ich wirklich daheim.«

Eine lange Stille trat ein. Wotan, der seinen Namen gehört hatte, stand auf und schüttelte sich, dann trat er zu Fluffi und legte den Kopf schwer auf Fluffis Knie. Nach einer Weile sagte Clemens ganz ernsthaft: »Fluffi, wenn du aber bei uns bleiben willst, mußt du diesmal durchkommen, begreifst du denn das nicht?« Fluffi sah unglücklich aus.

»Das weiß ich schon längst«, sagte er. »Aber

was soll ich denn tun, ich hab' ja das Ehrenwort gegeben, daß ich so lange sitzenbleib', bis sie mich aus der Schule werfen.«

»Wem«, fragte Schorschi, »hast du dein Ehrenwort gegeben?«

»Mir selber«, sagte Fluffi, »so, mit der rechten Hand hab' ich meine linke Hand geschüttelt und mir das Ehrenwort gegeben. Ich kann es natürlich brechen, aber so was tut man doch ungern, findet ihr nicht? Vielleicht hätt' ich dann gar keine Achtung mehr vor mir selber.«

»Du bist wirklich ganz und gar vertrottelt«, sagte Pepi ungeduldig, »so ein Ehrenwort gilt doch gar nicht. So was ist sogar verboten. Ich weiß das von meinem Vater, vom Viehhandel. Es gibt Ehrenwörter, die gelten nicht, weil sie direkt kriminell sind.«

»Jawohl«, rief Clemens eifrig, »davon hab' ich auch schon gehört. Aber ich kann ja meinen Großvater fragen, der weiß es ganz bestimmt.«

»Nein«, sagte Fluffi, »der Ergo ist in dem Fall nicht der Richtige, der will ja auf jeden Fall, daß ich lerne. Nein, ich tu', was der Großvater von Clemens sagt. Aber wer sagt mir denn, daß ich überhaupt lernen kann, ich hab's ja noch nie versucht.«

Sie stritten so lange hin und her über dieses Thema, daß sie beinahe die Schritte des Turms überhört hätten und Wotan noch gerade in der letzten Sekunde in den Kasten springen konnte. Er ließ aber seinen langen, buschigen Schwanz heraushängen, und Schorschi mußte sich vor dem Kasten bücken und tun, als suche er etwas auf dem Boden. Zum Glück hatte es der Turm sehr eilig und warf nur einen flüchtigen Blick durch die Tür. Im Bett sagte Fluffi noch: »Es bleibt dabei, alles hängt jetzt von deinem Großvater ab, Clemens, aber vorher lern' ich natürlich noch nichts, denn man weiß ja nicht, wie sich der Richter entscheiden wird.«

Die andern waren schon im Einschlafen, als Fluffi noch leise murmelte: »Und in den Ferien laß ich mir was einfallen, wie ich den Turm bekehren kann!«

Die Zeit verging auf einmal wieder sehr langsam. Sieben Tage bis Weihnachten, sechs Tage, fünf Tage; ganz langsam schlichen sie dahin, und endlich kam der erste Ferientag, und husch, husch, fingen die Tage wieder zu laufen an, vierzehn von ihnen waren im Nu herum, und schon saßen die vier Buben wieder in ihrem Zimmer und wurden stürmisch begrüßt von Wotan, der in der Zwischenzeit dreimal schmählich von Herrn Rabl vor die Tür gesetzt worden war und dann die Tage vergrämt im Ochsenwirtshaus verdöst hatte.

Pepi war sichtlich runder geworden, vom Knödelessen, wie er sagte. Schorschi war froh, wieder im Internat zu sein. Die Ferien waren zwar sehr schön gewesen, aber eben doch Ferien unter lauter Mädchen. Die Zwillinge gingen ja an, aber Dorli war größenwahnsinnig geworden und stolzierte umher wie ein Pfau, nur weil ihr Zwischenzeugnis besser war als seines und Papa sehr stolz war auf seine klavierspielende Tochter. Und die Wohnung war auch nicht größer geworden; manchmal herrschte dort ein arges Gedränge. Seine arme Mutter, die an den Feiertagen noch mehr arbeiten mußte als sonst, hätte eigentlich froh sein können, ihre beiden Großen wieder loszuwerden. Trotzdem hatte sie beim Abschied geweint, sehr sogar; Schorschis Kopf war ganz feucht geworden. Bei Dorlis Abschied hatte sie nicht geweint, und das war durchaus nicht verwunderlich, dieser Fratz half ihr ja nicht einmal beim Geschirrabtrocknen. Mamas Tränen hatten Schorschi in gehobene Stimmung versetzt, und er hatte im Zug so viel Zuckerzeug vom Christbaum genascht, daß ihm immer noch der Bauch davon weh tat.

Clemens war kein bißchen dicker geworden, schien aber ganz vergnügt zu sein und sagte, sein Großvater sei ein recht witziger alter Kauz und habe ihm eine Menge Kartenkunststücke beigebracht. »Übrigens«, sagte er, »hier, das ist für dich«, und er reichte Fluffi ein Blatt Papier. Darauf stand in sehr schöner, schwungvoller Schrift geschrieben:

Gerichtliche Verfügung

Der Schüler Thomas Zollinger, vulgo Fluffi, ist verpflichtet, das sittenwidrige Ehrenwort, das er sich selber gegeben hat, sofort zu brechen, andernfalls er sich eines nichtwiedergutzumachenden Verbrechens gegen die eigene Person schuldig macht.

1. Jänner 1967 A. Albert (Richter i. P.)

Fluffi starrte auf das Papier und seufzte.

»Na ja«, sagte er, »so muß ich also wirklich lernen. Komisch, ich kann mir das gar nicht vorstellen. Meine Alten waren diesmal nicht ganz so arg wie sonst, meine Mutter ist sogar einmal mit mir in die Konditorei gegangen, aber sie hat gar nicht gewußt, was sie mit mir reden soll, und mir ist auch nichts eingefallen. Aber jetzt hört alle her, ich hab' auch eine Idee gehabt, ich weiß jetzt, wie wir Wotan beim Turm einschmeicheln können.«

Und er fing an, seinen Plan ganz genau den andern zu erklären. Als Wotan die Buben so flüstern hörte, drängte er sich in ihren Kreis und sah neugierig von einem zum andern.

»Ja«, sagte Fluffi, »*dich* geht das an, mein Lieber; wenn die Sache gelingt, wirst du bald hochgeehrt im Internat herumspazieren, und kein Mensch wird dich mehr auf die Straße setzen.«

»Ha-wau«, sagte Wotan, richtete sich auf, legte seine großen Tatzen auf Fluffis Schultern und schnaufte ihm ins Ohr, bis Fluffi ihn abschüttelte und rief: »Geh weg, du Untier, Ungeheuer, Ochse, Kalb, Nashorn, Seekuh und Mastodon. Deinetwegen, du Lawine von einem Hund, haben wir nichts als Scherereien, vielleicht wird man uns sogar einsperren oder aus der Schule werfen, du fettes Mammut!«

Wotan lauschte geschmeichelt den Worten seines Herrn, die er sichtlich für ein Lob hielt, bellte zustimmend und ging dann daran, an den Koffern und Taschen der Buben herumzuschnüffeln.

»Und wann soll das sein?« fragte Schorschi ganz aufgeregt.

»Nicht sofort«, sagte Fluffi nachdenklich, »erst wenn alles wieder ganz normal und recht fad ist, dann wirkt eine Aufregung viel besser und macht mehr Eindruck.«

Wotan schnüffelte immer wilder und kratzte an Pepis Koffer. Die Buben lachten und fingen an auszupacken, und sie bereiteten Wotan an diesem Abend ein verspätetes Weihnachtsfest: Nußstrudel, Apfelspalten, Topfenschnitten, Geselchtes, Spanische Winde, Lebkuchen und ein rosarotes Marzipanschwein. Nach diesem Mahl bekam er Durst und schlappte eine Schüssel Wasser leer, und dann zog er sich freiwillig auf sein Kastenlager zurück. Um Mitternacht weckte er Fluffi, jämmerlich winselnd, und verlangte hinaus. Fluffi begriff zum Glück gleich, was los war, sprang aus dem Bett, schlüpfte in den Bademantel, und schon war er mit Wotan unterwegs. Wotan strebte in größter Not dem Badezimmer zu, und kaum war er aus dem Fenster, verschwand er schon hinter einem großen Busch, und man konnte hören, daß ihm sehr schlecht war. Der Mond schien auf den verschneiten Park, und nach einer Weile kam Wotan wieder zurück, schleckte ein bißchen Schnee vor dem Fenster und sprang dann wieder herein. Fluffi zitterte vor Kälte.

»Du machst ja schöne Geschichten«, sagte er, »wirklich, mit dir hätte ich mich nie einlassen sollen.« Wotan senkte betrübt den großen Kopf, und man konnte sehen, daß ihm der Vorfall sehr unangenehm war und er sich furchtbar schämte. Fluffi mußte lachen.

»Ach was, Wotan«, sagte er, »mach dir nichts draus. Mir war auch schon oft recht schlecht, und du kannst ja nichts dafür, wir hätten dir das ganze Zeug nicht geben dürfen.« Und er legte seine Hand auf Wotans kaltes Fell, und gemeinsam gingen sie wieder zurück zum Fünferzimmer.

Auf dem Gang begegnete ihnen Professor Waschl, der recht aufgeräumt zu sein schien und Fluffi einlud, zu ihm in seine Wohnung zu kommen. »Und deinen wilden Hund kannst du auch mitbringen«, sagte er, »ganz ausnahmsweise. Übrigens hab' ich ihn während der Ferien dreimal bei mir versteckt, weil er so unglücklich war. Fluffi,

Fluffi, das war nicht gescheit von dir, daß du dir diesen Hund angetan hast, du wirst dir noch den allerhöchsten Groll zuziehen. Aber wir tun eben sehr oft die dümmsten Dinge mit den besten Absichten. Kommt nur herein, ihr zwei sonderbaren Geschöpfe.«

In der Wohnung war es warm, aber Fluffi zitterte noch immer vor Kälte. Professor Waschl hängte ihm eine Decke um und gab ihm heißen Tee zu trinken, und bald darauf fühlte Fluffi sich besser. Er hätte dem Professor so gerne von seinem guten Vorsatz erzählt, aber er tat es nicht, weil er sich schämte. So fragte er nur, wo denn Flip und Flop seien, deren Kiste nicht mehr im Zimmer stand.

»Die halten ihren Winterschlaf im Keller«, sagte Professor Waschl. »Sie fehlen mir sehr, meine kleinen Freunde. Weißt du, Fluffi, ich hätte auch gern einen Hund, einen Pudel am liebsten, aber du weißt ja, daran ist leider nicht zu denken.«

Fluffi mußte ein Lächeln verbeißen, denn es war ganz und gar nicht ausgeschlossen, daß sich dieser ungute Zustand ändern sollte, und zwar in gar nicht ferner Zeit.

»Du bist noch immer recht grün, mein Sohn«, sagte der Professor und schenkte Fluffi Tee nach und füllte sein eigenes Glas bis zum Rand.

»Trinken wir auf das neue Jahr«, sagte er. »Prost, mein Lieber. Ich wünsche dir, daß du deinen Hund noch eine Weile behalten kannst.« Und dann sagte er etwas, worüber Fluffi beinahe gelacht hätte, nämlich: »Es ist ein Jammer, daß du uns diesmal verlassen wirst müssen. Die besten Menschen sind halt leider nicht immer die klügsten, und jetzt schau, daß du ins Bett kommst.«

Fluffi bedankte sich und fühlte sich sehr froh, so froh, daß er noch lange nicht einschlafen konnte und sich ausmalte, wie der gute Waschl staunen würde, wenn er, Fluffi, plötzlich zu lernen anfing und bewies, daß er durchaus nicht so dumm war, wie die Leute dachten.

So schön hatte Fluffi sich sein neues Leben vorgestellt, dabei wurde es eine einzige Plage und Mühsal. Wenn man zweieinhalb Jahre nichts getan hat und jeder das weiß, kann man seine Lehrer nur sehr schwer davon überzeugen, daß man wirklich ein neues Leben anfangen will. Schon waren vierzehn Tage vergangen, und noch hatte keiner Fluffis Vorsätze zur Kenntnis genommen. Dabei zeigte er dauernd auf, aber kein Mensch nahm seine Bemühungen ernst. »Aha«, hieß es, »eine neue Laune«, und es hatte noch keine Schularbeit gegeben seit Weihnachten, in der er hätte zeigen können, was er gelernt hatte. Die Buben wußten genau, daß es auf diese Schularbeit ankam, wenn Fluffi nicht gleich wieder den Mut verlieren sollte.

Zum Glück war sie aus Mathematik, einem Fach, das ihm nicht so schwerfiel wie Englisch oder Deutsch. Pepi setzte sich jeden Abend eine halbe Stunde zu ihm und wiederholte mit ihm den versäumten Stoff des letzten halben Jahres, und es zeigte sich, daß Fluffi gar nicht dumm war und sehr schnell rechnen konnte, jedenfalls besser als der kleine Clemens, der noch immer mit den Brüchen haderte und nicht verstehen konnte, wozu sie gut sein sollten.

Und was noch nie dagewesen war, trat ein, Fluffi sah nicht hinaus in den Park, er biß seinen Daumen nicht und er schnitzte keine Affen, Dakkel und Schnauzbärte ins Pult, nein, er rechnete, bis seine Ohren zu glühen anfingen und der Schweiß auf seine Stirn trat.

Professor Schnüffel, der ausnahmsweise einmal nicht verschnupft war und deutlich sehen konnte, traute seinen Augen nicht. Er ging, wie es seine Gewohnheit war, zwischen den Bänken hin und her und sah um sich, ob ja nicht geschwindelt wurde. Wenn er einen Schwindler erwischte, nahm er ihm das Heft weg und schrieb ihm ein Nichtgenügend ein, und das war dann ein arger Schicksalsschlag für den unglücklichen Buben. Lautlos trat er von hinten an Fluffi heran und sah ihm über die Schulter. Der benachbarte Primus merkte es sofort, er war ein scheuer, ängstlicher Bub, der nicht schreiben konnte, wenn man ihm zusah. Er wurde knallrot und verwirrt und blickte hilflos um sich. Dabei hatte es Professor Schnüffel gar nicht auf ihn abgesehen.

Fluffi aber war so vertieft in seine Arbeit, daß er das Nahen seines Lehrers gar nicht bemerkt hatte. Und zu seinem größten Staunen sah Professor Schnüffel, wie Fluffi die schwierigste der drei Aufgaben rasch und geschickt löste. Kopfschüttelnd ging er weg von ihm und übersah drei Schwindler im Mittelgang, die schreckerfüllt ihre Schwindelzettel schlucken mußten und mühsam daran würgten; aber dann erwachte er aus seiner Versunkenheit und stürzte sich mit einem unheilvollen Grunzen auf den blonden Mayer in der ersten Bank, der das Hausübungsheft auf den Knien liegen hatte und daraus abschrieb! Aus besonderer Gnade und weil er ohnedies erst bei der ersten Rechnung gewesen war, setzte er den Sünder auf das Katheder hinaus, und dort saß der Mayer noch mehr als eine halbe Stunde und fraß seinen Bleistift und seine Kugelschreiber beinahe auf vor Wut.

»Es ist mir zwar rätselhaft«, sagte Professor Schnüffel, als er die Hefte zurückbrachte, »aber der Fluffi hat ein gut zusammengebracht, und ich hab' nicht bemerkt, daß er geschwindelt hätte, obgleich ich hinter ihm gestanden bin. Außerdem«, er spähte über seine Brille hinweg, »außerdem glaube ich nicht, daß er so etwas überhaupt tun würde. Aber wir werden ja weitersehen, wie die nächste Schularbeit ausfallen wird.«

Pepi hatte ein Sehr gut, Schorschi ein Gut und der arme Clemens ein schwaches Genügend zusammengebracht.

Alle waren sie sehr stolz auf Fluffi und führten ihn am Sonntag in die Konditorei Weißhäuptl und bewirteten ihn mit Cremeschnitten und Indianerkrapfen, sogar ein Himbeer-Soda zahlten sie ihm. Wie ein Lauffeuer verbreitete sich die Kunde von Fluffis Gut und seinen guten Vorsätzen im Internat. Der Turm hielt ihn auf dem Gang auf, strahlte von einem Ohr zum andern und sagte: »Bravo, Thomas, jetzt zeig ihnen einmal, was du kannst!«, und sie schlug ihn auf die Schulter, daß er wackelige Knie davon bekam.

Fluffi fühlte sich zwar geschmeichelt, aber auch recht verlegen. Er war nicht gewöhnt, im Licht der Öffentlichkeit zu stehen; bisher war er höchstens durch seine Raufereien aufgefallen. Aber als er ein wenig darüber nachgedacht hatte, beschloß er, die gute Stimmung des Turms auszunützen und seinen zweiten Plan zu verwirklichen.

Er kaufte sich im Ort ein Bügeleisen, endlich einmal konnte er sein Taschengeld, wie er fand, vernünftig anlegen, und trug es, unter seinem Mantel versteckt, ins Internat. Und spät am Abend, als Wotan schon längst im Kasten schlief, stand Fluffi noch einmal auf, flüsterte mit seinen schlaftrunkenen Freunden und ging ans Werk. Er legte eine alte Wolldecke auf den Tisch und darauf seine älteste Hose und fing an, sie zu bügeln, wie er es bei Frau Rabl einmal gesehen hatte. Zuvor hatte er noch vorsorglich einen Eimer voll Wasser aus dem Bad geholt und unter die Waschmuschel gestellt. Man konnte doch nicht wissen, was geschehen würde. Als das Eisen schön heiß war, ließ er es auf der Hose stehen und legte sich wieder zu Bett. Gleich darauf fing es an, recht brenzlig im Zimmer zu riechen, und bald darauf verbreitete sich ein furchtbarer Gestank, und Rauchwolken stiegen vom Tisch auf.

Die Buben in ihren Betten fingen zu husten an, und endlich, endlich, kam Wotan grollend und winselnd aus dem Kasten. Pepi, der es nicht mehr aushalten konnte, riß das Fenster auf und zog den Stecker aus der Dose. Die Buben fingen jetzt an, sich zu ängstigen. Wenn nur Wotan endlich bellen wollte. Fluffi warf sich auf den Boden und stöhnte, und da erwachte der Hund und tat seine Pflicht. Er zerrte an Fluffis Schlafanzug und stieß ein solches Geheul aus, daß man gleich darauf rundherum Türen öffnen und Schritte hören konnte.

Die beiden Erzieher stürzten ins Zimmer und konnten vor Rauch zunächst gar nichts sehen. Unter Wotans Gewinsel richteten sie Fluffi auf, während Schorschi und Pepi den glosenden Feuerherd mit Wasser übergossen. Fluffi, den man auf sein Bett gelegt hatte und vor dem Wotan Wache stand, schlug die Augen auf und sagte: »Was ist denn los?«

Bei diesen Worten fiel Wotan mit wildem Freudengeheul über ihn her und wollte ihm unbedingt die Nase abschlecken.

»Ruhig, Wotan, braver Hund«, sagte Fluffi schwach, »ist ja schon gut, aber halt jetzt endlich das Maul.«

Inzwischen drängte das halbe Internat ins Zimmer und wollte sehen, was passiert war. Die ärgerlichen Erzieher trieben die Buben ins Bett zurück und hörten sich Fluffis Erklärung über das vergessene Bügeleisen gar nicht an.

»Das kannst du morgen der Frau Doktor erzählen«, sagte der eine, und der andere: »Dieses Zimmer wird monatelang stinken, und das gebührt euch auch, ihr gemeingefährlichen Narren. Ohne diesen Hund wärt ihr jetzt schon erstickt. Ich hab' für heute nacht die Nase voll von euch, macht euch nur auf eine nette Strafe gefaßt!« Damit schlugen sie zornig die Tür hinter sich zu und begaben sich in ihre Zimmer zurück.

Im Fünferzimmer stank es noch immer ganz fürchterlich, und das Fenster mußte offenstehen. Die Buben hatten sich unter ihre Decken verkrochen, und Wotan wich nicht von Fluffis Seite und überzeugte sich alle drei Minuten davon, daß es seinem jungen Herrn gutging, indem er aufstand und seinen Kopf auf Fluffis Brust legte.

»Er hört hin, ob dein Herz noch schlägt«, sagte Clemens übermütig. »Gleich wird er dir den Puls fühlen. Ach, Fluffi, du bist schon eine wilde Flasche, und alles ist wunderbar gegangen. Glaubst du, daß sie uns einsperren werden?«

»Es würde mich nicht wundern«, sagte Pepi, »wegen Brandstiftung vielleicht. Ein zweites Mal täte ich das nicht, nicht einmal Wotan zulieb, es hätte leicht schiefgehen können.« Auch Schorschi war der Ansicht, daß die Idee zwar gut, aber doch zu gefährlich gewesen war.

»Ihr habt schon recht«, gab Fluffi zu, »aber jetzt ist es einmal geschehen und gutgegangen, noch einmal brauchen wir es sicher nicht zu tun. Das muß genügen, um Wotan ganz berühmt zu machen.«

Sie lagen noch lange wach und unterhielten sich, und je später es wurde, desto beklommener wurde ihnen zumute. Was, wenn der Turm sie alle nach Hause schickte und Wotan ganz allein zurückbleiben mußte?

Am Morgen wurden sie unsanft wachgerüttelt, und es war sehr kalt im Zimmer und stank noch immer. Der Turm war ganz außer sich und riß Fluffi ein kleines Büschel Haare aus, während sie ihm vor Augen führte, wie aus seiner Schuld zweihundert Buben jämmerlich verbrennen hätten können, nur weil er gegen jede Vorschrift seine Hose hatte bügeln müssen. »Und«, so schrie sie, »wenn dieses riesige Tier sich nicht eingeschlichen hätte, wärst du jetzt verbrannt und tot. Ihr alle verdankt diesem Hund euer Leben, einem Hund, der hier gar nichts verloren hat und zu dem ich mich früher nicht sehr freundlich benommen hab'. Aber sichtlich hat er mehr Verstand als ihr. Ungestraft kommt ihr mir diesmal nicht davon, der Fall ist einfach zu ernst, als daß ich ihn hingehen lassen könnte.«

»Bitte, Frau Doktor«, sagte Pepi und hängte sich sein treuherziges Gesicht ein, »der Fluffi hat so lange gelernt für die nächste Schularbeit, daß er halt gegen seinen Willen eingeschlafen ist. Aber wir werden von heute an besser auf ihn aufpassen.«

»Ja«, fiel Schorschi voll Überzeugung ein, »nie mehr wird es vorkommen. Er lernt jetzt immer so lang, bis er nicht mehr schauen kann vor Schlaf, weil er diesmal nicht sitzenbleiben will.« Der Turm sah ganz verwirrt aus und ließ Fluffis Haare los.

»Das ist ja sehr anerkennenswert«, sagte sie dann, »daß du endlich lernen willst, Thomas. Aber was, um Himmels willen, hat dich dazu getrieben, deine Hose zu bügeln? Ich versteh' es einfach nicht. Warum hast du sie nicht, wie ihr es alle macht, eine Nacht unter die Matratzen gelegt?«

Fluffi senkte die Augen. Er war noch ganz verschlafen und konnte nicht denken. Warum, zum Kuckuck, hatte er denn wirklich seine blöde Hose gebügelt? Aber da mischte sich der kleine Clemens ein.

»Bitte, Frau Doktor«, sagte er scheinheilig, »der Fluffi hat ein ganz neues Leben anfangen wollen, nicht nur mit dem Lernen, und da hat er gedacht, daß eine wirklich scharfe Bügelfalte dazugehört. Er will es nur nicht sagen, weil er sich schämt.«

Fluffi wurde blutrot, als er diese faustdicke Lüge hörte, und war auf der Stelle hellwach. Er sandte Clemens einen vernichtenden Blick zu. Es gefiel ihm einfach nicht, daß sie den Turm so beschwindelten. Es mußte ja leider sein, aber dann sollte dieser rothaarige kleine Affe nicht so viel Vergnügen daran haben. Gleich nachher mußte er ihn wirklich einmal bei den Ohren nehmen. Er brummte etwas Unverständliches und spürte zu seinem Entsetzen, wie seine Augen feucht wurden. Das hätte jetzt gerade noch gefehlt, ein Fluffi, der zu heulen anfing! Er schnupfte vorsichtig auf und sagte dann, auf seine Zehen niederstarrend: »Es tut mir sehr leid, daß ich ein so blöder Kerl war, ich werde den Schaden ersetzen und nie mehr eine Hose bügeln.«

So, das war eine gute, männliche Rede. Der Turm fuhr sich aufgeregt durch die Haare, bis sie aussah wie ein riesiger Kakadu, und stieß hervor:

»Und ich werde mir eine exemplarische Strafe für dich ausdenken. Das ist ohnedies sehr gnädig. Normalerweise wirft man Brandstifter aus dem Haus und zeigt sie noch dafür an. Dann kämst du vor das Jugendgericht! Schreib dir das hinter die Ohren. Straflos kommst du jedenfalls nicht weg, sonst würde bald jeder seine Hose bügeln wollen und das Haus in Schutt und Asche zerfallen. Was aber diesen Hund betrifft, scheint er ein nützliches Wesen zu sein und soll in Zukunft im Park spielen dürfen und nicht mehr auf die Straße gesetzt werden. Solange Kinder wie ihr in diesem Internat sind, ist so ein Hund geradezu notwendig!« Und der Turm drehte sich um und marschierte zur Tür hinaus.

Am Abend wurde Wotan stürmisch empfangen. Das Zimmer stank noch immer, aber die vier glücklichen Geschöpfe darin feierten bei einer Flasche Apfelsaft und vielen Wurstsemmeln das große Fest. Nur Fluffi war nicht ganz so froh, wie er hätte sein sollen.

»Was hast du denn«, fragte Pepi, »jetzt haben wir doch erreicht, was wir wollten.«

»Ja, schon«, gab Fluffi zu, »aber wir haben den Turm schon recht arg angelogen.«

Aber dann hielt Clemens eine schwungvolle Rede und versuchte Fluffi davon zu überzeugen, daß man, um etwas Gutes zu erreichen, auch einmal krumme Wege gehen dürfe. Pepi gab ihm recht, aber Schorschi und Fluffi fanden es doch nicht in Ordnung. Schließlich sagte Schorschi: »Wir sind doch schon ziemlich oft zu Unrecht bestraft worden, nicht? Also können wir auch einmal etwas anstellen, es ist sozusagen längst abbezahlt.«

Mit dieser Lösung konnte sich auch Fluffi befreunden, und sie feierten ihr Fest zu Ende und beschlossen, in Zukunft ziemlich brav zu sein, um alles wieder gutzumachen und dem Turm das Leben ein bißchen zu erleichtern.

Als sie schon in ihren Betten lagen, öffnete sich die Tür, und herein kam, in großen Filzpantoffeln und einem wolligen Schlafrock, Professor Waschl. Die Buben setzten sich erstaunt in ihren Betten auf, dies war noch nie vorgekommen. Der Professor blieb mitten im Zimmer stehen und sagte: »Ihr Burschen habt die arme Frau Doktor ganz schön drangekriegt. Ich freu' mich ja, daß euer Hund jetzt hochgeehrt und geachtet ist. Leider kann ich Flip und Flop nicht als Lebensretter ausbilden lassen. Aber trotzdem muß ich euch sagen: Was ihr getan habt, war viel zu gefährlich, und wenn ihr nicht so jung und unerfahren wärt, hätte ich den Schwindel aufgedeckt. Wißt ihr überhaupt, was eine richtige Feuersbrunst ist? Wißt ihr, was es heißt, zu ersticken oder zu verbrennen? Nein, ihr könnt es, Gott sei Dank, nicht wissen. Aber ich hab' es gesehen und, glaubt mir, es ist ganz unbeschreiblich grauenhaft. Und nichts tut so weh wie Brandwunden! Darüber denkt noch fünf Minuten nach, meine Guten, und vergeßt es nie.« Und dann drehte der Professor sich um und schlurfte zur Tür hinaus.

Die Buben krochen unter ihre Decke und schwiegen beklommen. Nach einer Weile sagte Fluffi: »Na, dann schlaft gut. Mir reicht es jetzt.«

»Uns auch«, sagten die drei im Chor, »gute Nacht, Fluffi.«

Aber sie lagen alle noch ein paar Minuten wach, Fluffi sogar noch eine halbe Stunde. So ernst hatten sie Professor Waschl noch nie gesehen, bestimmt war jedes Wort wahr, das er gesagt hatte. Sie rollten sich in ihre Decken ein und waren froh, daß alles so gut für sie ausgegangen war, viel besser, als sie es eigentlich verdient hatten.

Seit dieser Zeit wandelte Wotan zu jeder Tageszeit unbehindert durch die Gänge des Internats als anerkannter Wachhund und Lebensretter und hatte nichts mehr zu befürchten. Er untersuchte das Haus vom Keller bis zum Dachboden und kam auch in den Schultrakt. Da er die Gewohnheit annahm, gelegentlich sogar während des Unterrichts seinen großen Schädel in die Klassenzimmer zu stecken, nannten ihn die Buben bald nur noch den Schulinspektor. Wotan spürte genau, daß er jetzt überall gern gesehen war, und es machte ihm gar nichts aus, wenn die Buben bei seinem Anblick lachten und schrien, er war ganz närrisch auf Unterhaltung aus. In Wirklichkeit war er trotz seiner Größe noch recht jung und sozusagen ein Hundelausbub. Deshalb war er natürlich viel lieber bei seinen Freunden im Internat als im Ochsenwirtshaus bei den alten bärtigen Männern, die nie mit ihm spielen mochten.

Der Turm rührte Wotan zwar nie an, wohl immer noch aus Angst vor Flöhen, aber jeder andere Lehrer konnte bei seinem Anblick nicht widerstehen und tätschelte seinen schönen Kopf. Wotan ertrug diese Gunstbeweise stolz und gelassen, aber er vergaß nie, daß er eigentlich nur ins Fünferzimmer gehörte und daß sein wirklicher Herr Fluffi war. Schließlich wurde es dem Ochsenwirt zu dumm, daß sein Hund sich so selten blicken ließ, und er nahm einen großen schwarzen Fleischerhund auf und schenkte Wotan der Internatsleitung. Freudig übersiedelte Wotan in sein neues Heim.

Der Direktor, der nur mit Schaudern daran denken konnte, welches Unglück ohne diesen Hund über seine Schule hereingebrochen wäre, gab der Köchin den Auftrag, gut auf Wotan zu schauen. So ging es ihm ganz ausgezeichnet, denn es blieben immer eine Menge Reste in der Küche übrig, und Wotan setzte bald sogar ein bißchen zuviel Fleisch an. Darüber machte sich Fluffi Sorgen und rannte jeden Tag eine Stunde mit ihm im

Park umher, um Wotans schlanke Linie zu erhalten.

Immer noch hatte der Turm nicht die gerechte Strafe für Fluffi gefunden, aber sooft sie ihn sah, drohte sie ihm mit dem Finger und rief: »Ich werde mir schon etwas einfallen lassen, Thomas, etwas, woran du noch lange denken wirst. Jawohl, das werde ich!« Dann erlebte Fluffi ein paar unbehagliche Augenblicke, aber er sagte sich, daß man ihn ja schließlich nicht köpfen konnte, und aus der Schule werfen würden sie ihn bestimmt nicht mehr, nachdem so viel Zeit vergangen war. Er schüttelte sich genau wie Wotan, und schon hatte er die ärgerliche Drohung vergessen.

Er hatte jetzt ohnehin kaum Zeit, an etwas anderes zu denken als an die Schule. Insgeheim war er froh, daß das Wetter wieder kalt und regnerisch war und man nicht im Park spielen konnte. Schorschi, Pepi und Clemens hatten es sich zu ihrer Aufgabe gemacht, Fluffi über alle Hindernisse hinwegzubringen. Clemens übte mit ihm Englisch und Deutsch, der gute Fluffi hatte keine Ahnung von Grammatik, konnte aber wenigstens halbwegs Rechtschreiben. Wenn er einen Aufsatz schreiben wollte, fiel ihm meist nicht viel ein, er hatte es ja auch nie zuvor versucht. Clemens war ein recht guter Lehrer und so eifrig, daß er Fluffi manchmal zur Verzweiflung brachte.

»Lieber will ich Straßenkehrer werden oder Kanalräumer«, schrie Fluffi einmal, als ihm das Lernen zuviel wurde; und der jähzornige Clemens, der sein Werk gefährdet sah, schlug Fluffi mit der Faust auf die Nase. Clemens' Faust war klein und Fluffis Nase groß und dick, eine Nase, die schon ganz andere Schlage ausgehalten hatte, aber hier ging es um die Ehre. Fluffi konnte sich doch nicht von dem Kleinen verprügeln lassen. Mit einem Aufschrei stürzte er sich auf Clemens. Aber da waren schon Pepi und Schorschi über ihm und zerrten ihn zurück.

Pepi sagte ruhig: »Sei nicht blöd, Fluffi, der Clemens hat ganz recht. Er plagt sich in seiner Freizeit mit dir ab, und du stellst dich so kindisch an. Paß auf, was ich dir sag': Wenn du jetzt nicht lernst wie ein Wilder, hauen wir dich alle drei so lange auf deine dumme dicke Nase, bis dir der Knopf aufgeht.«

Sonderbarerweise nahm Fluffi diese Strafpredigt ganz brav hin und setzte sich wieder an den Tisch.

»Ist ja schon in Ordnung, Pepi«, seufzte er trübsinnig, »ich bin wirklich eine große Flasche. Wenn du noch magst, Clemens, tun wir wieder weiter.« Und Clemens fing voll Feuereifer seine Lektion von vorne an.

Pepi kümmerte sich um die Mathematik, aber er hatte viel weniger Mühe mit Fluffi als Clemens, und Schorschi fragte Fluffi die Lerngegenstände ab. Es war eine schöne Arbeitsteilung, und auf diese Weise lernten auch die andern drei Buben mehr als sonst und konnten sich in der Schule verbessern.

Im Internat war Fluffi inzwischen zum Wettobjekt geworden, und vor jeder Schularbeit wurden mindestens zwanzig Wetten auf ihn abgeschlossen. Die Einsätze bewegten sich zwischen fünfzig Groschen und drei Schillingen; höhere Wetten hatte der Turm streng verboten. Bisher hatte Fluffi seine Anhänger noch nie enttäuscht und ihnen sogar ein nettes kleines Taschengeld verschafft. »Ich komm' mir schon vor wie ein Roß«, sagte er, »bald werd' ich wiehern statt lachen und nur noch Hafer fressen. Aber denen werd' ich's zeigen, die glauben, ich bleib' auf der Strecke liegen.«

»Hopp, Fluffi«, schrie der kleine Clemens, »nur noch drei Seiten Vokabeln!«, und »Hopp«, schrie Schorschi, »hopp, was weißt du über die Paarzeher?«, und »Hopp, hopp, hopp«, schrie Pepi, »wie steht es mit der Matheaufgabe?«

»Ich werd' euch gleich hopp, hopp geben«, murrte Fluffi. »Wenn ich das hinter mir hab', jag' ich euch alle über die Hürden, bis ihr platt auf euren dummen Nasen liegt«, und er setzte sich grinsend an den Tisch, und Clemens stürzte sich wie eine Gelse auf ihn und stach mit dem Bleistift auf ihn ein.

Schon im Semesterzeugnis hatte Fluffi sich ein

wenig verbessern können, es gab aber noch zwei Fünfer auszumerzen, und gerade die hartnäckigsten, in Englisch und Deutsch. Beide Gegenstände unterrichtete der Direktor, und bei ihm gab es keine Gnade, der hätte seine eigene Großmutter, ohne mit der Wimper zu zucken, durchfallen lassen. Es war ihm zwar zu Ohren gekommen, daß Fluffi diesmal durchkommen wollte, aber er nahm es nicht ernst. Im Lauf der Zeit hatte sich in ihm die Meinung gebildet, daß Fluffi einfach zu dumm war zum Lernen, und von dieser Meinung war er fast nicht abzubringen. Freilich, er hatte Fluffi auf die letzte Schularbeit in Englisch ein gutes »Genügend« geben müssen, aber das hatte ihn nicht überzeugt. Mit der Bemerkung: »Manchmal findet auch ein blindes Huhn ein Korn« hatte er Fluffi das Heft gereicht.

Damit hatte er den armen Fluffi tief getroffen. Clemens geriet darüber so in Zorn, daß er aufsprang und, nach Worten ringend, den Mund aufriß, aber nichts herausbrachte und sich wieder setzte. Inzwischen hatte dieser teuflische Mayer wieder einen Reißnagel auf seinen Sessel gelegt. Da er ziemlich dumm war, fiel ihm nie etwas Neues ein. Das war zuviel für Clemens, der ohnedies am Zerplatzen war. Er sprang auf, ergriff das Englischbuch und schmetterte es seinem grinsenden Feind auf den Schädel. Dann verabreichte er ihm mindestens zehn Ohrfeigen, und am Schluß spuckte er ihm ins Gesicht. Der böse Mayer saß wie erstarrt mit offenem Mund und schnappte nach Luft.

Und das alles ausgerechnet beim Rex! Jeder andere Lehrer hätte vielleicht ein Einsehen gehabt und sich zumindest nach der Ursache dieses Ausbruchs erkundigt. Der Rex aber, der offenbar nie gerauft hatte, wurde kalkweiß, sprang auf und wies Clemens aus der Klasse.

»Geh ins Konferenzzimmer, du abscheuliches Kind!« schrie er, »und komm mir nicht mehr unter die Augen.«

Clemens schob sich zur Tür hinaus und ging mit gesenktem Kopf ins Konferenzzimmer. Dort saß Professor Waschl und schrieb etwas aus einem Buch ab.

»Was ist denn los mit dir?« fragte er freundlich. »Du siehst ja aus wie ein Gespenst.«

Clemens, der noch immer, teils vor Wut, teils vor Schreck zitterte, fing an zu schnüffeln und merkte, daß er kein Taschentuch bei sich hatte. Der Professor reichte ihm sein großes blauweißes Tuch und sagte: »Schneuz dich, Clemens, und dann erzählst du deinem alten Klassenvorstand, was passiert ist.« Clemens brachte endlich unter viel Gestotter und Geschneuze heraus, wie er sich beim Direktor entsetzlich benommen hatte. Er erzählte das vom »blinden Huhn«, und da er den Reißnagel verschweigen mußte, wurde seine Geschichte ein wenig unklar, aber Professor Waschl schien ihn auch so zu verstehen.

»Anspucken hättest du ihn nicht sollen«, sagte er vorwurfsvoll. »Das tut man einfach nicht, hättest ihm lieber noch eine Ohrfeige gegeben, aber kratzen, beißen und spucken tut man nicht in einem ehrlichen Kampf. Weißt du, der Herr Direktor ist ein so feiner und gelehrter Mann, daß er sich gar nicht vorstellen kann, daß kleine Buben eben keine Engel sind. Aber er ist nicht herzlos. Ich werd' deinetwegen mit ihm reden. Du gehörst ganz einfach zu den Leuten, die ihr Leben lang nicht aus den Schwierigkeiten herauskommen, aber du hast auch die Zähigkeit, das auszuhalten. Na, kränk dich nicht so, da hast du was zum Beißen«, und er fischte ein Päckchen Kaugummi aus der Hosentasche und reichte es Clemens hin. »Und wenn der Herr Direktor etwas zu dir sagt, keine Widerrede! Am besten, du hältst ganz den Mund, dann kann nichts Unrechtes herauskommen. Ich geh' jetzt ins Professorenzimmer und werde versuchen, ihn zu beruhigen.«

Clemens blieb allein im Konferenzzimmer und fühlte sich sehr elend. Nach einer Weile kam Schorschi und brachte ihm eine Flasche Kakao und eine Semmel und sagte: »War es wieder ein Reißnagel?«

»Ja«, sagte Clemens, »diesen Mayer mach' ich noch einmal zur Schnecke, das kannst du mir glauben!« Schorschi kicherte bei dieser Vorstellung und drückte sich aus dem Zimmer. »Kopf hoch!« sagte er unter der Tür. »Und iß etwas, damit du bei Kräften bleibst, wenn du vielleicht länger hiersein mußt.«

Inzwischen redeten Professor Waschl und der Turm, endlich einmal in schöner Eintracht, auf den Direktor ein und versuchten, Clemens reinzuwaschen. Schließlich gab der Direktor nach, und Clemens mußte zwei Sonntage daheim bleiben, aber in den Augen des Rex sollte Clemens bis zur Matura eine rätselhafte Figur bleiben, ein Geschöpf, das jeden Augenblick aufspringen und zu beißen und zu bellen anfangen konnte.

Der dumme Mayer bereute diesen Reißnagel auch noch bitter, denn Fluffi, ohnedies aufs äußerste gereizt, weil man ihn mit einem blinden Huhn verglichen hatte, war über ihn hergefallen und hatte ihn ganz schön blau geboxt, zur heimlichen Genugtuung Professor Waschls, dem die Reißnagelgeschichte zu Ohren gekommen war.

Niemand hätte sich gewundert, wenn Fluffi jetzt nachgelassen hätte, aber es zeigte sich erst, wieviel Kraft und Mut in ihm steckten. Er gab einfach nicht auf, und hopp, hopp, schon wieder wurden die nächsten Wetten auf ihn abgeschlossen, denn die Deutscharbeit nahte. Das Thema hieß: ›Beschreibung eines Freundes‹.

Fluffi schrieb über Wotan. Während er schrieb,

vergaß er ganz, daß es sich um eine wichtige Schularbeit handelte, und dachte nur an Wotan, und so konnte man dann aus jedem Wort spüren, wie Fluffi seinen vierbeinigen Freund gern hatte. Diesmal war sogar der Rex beeindruckt, und er gab Fluffi ein »Befriedigend«. Ein »Gut« konnte er ihm wegen einiger dummer Fehler nicht geben. Und er las Fluffis Aufsatz vor und sagte, er habe ihm von allen am besten gefallen. Diesmal war keine Rede mehr von einem blinden Huhn, und Fluffi grinste verlegen und wurde rot unter seiner braunen Haut.

Viele Wetter hatten ihr Geld verloren, und Fluffi sagte: »Das geschieht ihnen recht, warum haben sie kein Vertrauen zu mir!«

Da Clemens am Sonntag daheim bleiben mußte – er befand sich noch unter Strafe –, feierten sie auf dem Fünferzimmer Fluffis Erfolge. Diesmal gab es nur ein Säckchen Rosinen, eine Dose Essiggurken und ein Stück Paprikaspeck. Niemand war mehr bei Kasse, und Fluffi hatte ja den Tisch und die verbrannte Decke bezahlen müssen. Zu ihrem Festschmaus tranken sie eine Flasche Sodawasser, und Fluffi sagte: »Sekt schmeckt auch nicht viel anders, er macht einem nur Kopfweh und Sodbrennen.« Wotan war ein bißchen enttäuscht, weil es gar nichts Süßes gab, aber er mußte ohnedies auf seine Linie achten, die Köchin meinte es viel zu gut mit ihm.

Endlich fiel dem Turm eine passende Strafe für Fluffi ein. Er durfte zu Ostern nicht nach Hause fahren. Alle fanden das zu hart und wunderten sich, daß der Turm so grausam sein konnte. Aber Fluffi grinste insgeheim und sagte, es wäre ihm ganz angenehm so, denn seine Mutter war nach Italien gefahren, und daheim war es bestimmt furchtbar langweilig. Hier hatte er wenigstens Wotan, mit dem er sich unterhalten konnte, außerdem wollte er, ganz ohne Hetzjagd, ein bißchen Englisch lernen und in der Gegend umherstrolchen. Fluffi war im ganzen Ort bekannt und beliebt. Bei sich dachte er, daß der Turm genau wußte, wie wenig er sich aus dieser Strafe machte, und er sagte das auch zu seinen Freunden.

»Das wird schon so sein«, gab Pepi zu, »aber dann häng dir wenigstens ein trauriges Gesicht ein, das bist du dem Turm schuldig.«

Fluffi bemühte sich sehr, in den nächsten Tagen als wandelnde Trauerweide Aufsehen zu erregen, und der Turm schien hochbefriedigt über die Wirkung ihrer erzieherischen Maßnahmen. Sobald aber der letzte Bub das Haus verlassen hatte und auch der Turm weggefahren war, grinste Fluffi wieder von einem Ohr bis zum andern und führte mit Wotan ein herrliches Leben. Gemeinsam streiften sie durch die Wälder, und Wotan konnte sich endlich einmal auslaufen und ließ sich unermüdlich von Fluffi Hölzer werfen.

Einmal lud Professor Waschl ihn ein, der Flip und Flop aus dem Keller geholt hatte und darüber klagte, daß sie so wenig an die Luft kämen und höchstens auf seinem Balkon spazierengehen könnten. Ein ungesundes Leben für die armen Tiere, die eigentlich in einen Garten gehörten.

»Deshalb«, sagte er, »reißen sie mir auch so oft aus, sie wollen einmal richtig marschieren können.«

Fluffi dachte ein bißchen nach und schlug seinem Lehrer dann vor, an der Rückseite des Hauses für die beiden ein Gehege zu errichten, wo der Professor sie von seinem Fenster aus sogar sehen konnte. Er ging auch gleich zu Herrn Rabl, und gemeinsam mit ihm schlug er Pfosten in die Erde, so eng beisammen, daß eine Schildkröte nicht entwischen konnte, und an einem schönen Frühlingstag wurden Flip und Flop in ihr neues Gehege gebracht. Fluffi hatte ihnen aus Rinde ein Zelt gebaut, damit sie bei Regenwetter geschützt waren, und Professor Waschl war ganz glücklich und schüttelte Fluffi so fest die Hand, daß es ihm beinahe weh tat.

»Ich hoffe sehr«, sagte der Professor, »es wird keiner so schlecht sein und Flip und Flop etwas zuleide tun.«

»Bestimmt nicht«, beruhigte ihn Fluffi, »ich werde überall verkünden, daß sie unter meinem Schutz stehen.«

»Denk nur an die Igel«, sagte der Professor trübsinnig.

»Eben«, sagte Fluffi, »an die hab' ich gerade gedacht«, und er erinnerte sich freudig an jene große Schlacht in der Besenkammer. »Jeder weiß jetzt, was ihm bevorsteht, wenn er sich an Flip und Flop vergreift.«

»Hoffen wir das Beste«, seufzte der Professor und sah gerührt zu, wie seine Schildkröten die Sonne auf ihren Panzern genossen und ganz ohne Hast und Eile ihren Garten untersuchten.

»Wenn sie reden könnten!« sagte er. »Wer weiß, vielleicht sind sie schon an die hundert Jahre alt, Schildkröten werden sehr alt, jedenfalls sind sie älter als du oder ich.« Flip und Flop, die für Hundertjährige recht jugendlich wirkten, marschierten Seite an Seite durchs junge Gras, und Fluffi bildete sich ein, er höre sie ganz leise vor Vergnügen grunzen.

Wotan stand am Zaun und beäugte die fremdartigen Geschöpfe. Fluffi erklärte ihm eindringlich, daß man auf die beiden sehr gut achtgeben müsse, und Wotan schien ihn verstanden zu haben, denn man konnte ihn oft stundenlang am Zaun liegen sehen, schlafend oder dösend; von Zeit zu Zeit stand er auf und spähte zwischen den Pfosten durch, um zu sehen, ob jene sonderbaren Wesen, auf die er achtgeben sollte, noch vorhanden waren.

Am Ostersamstag dachte Fluffi an die kleine

Mathilde und ging in den Ort und kaufte ihr bei Frau Weißhäuptl einen großen Schokoladehasen und eine Menge kleiner Zuckereier. Diese Dinge übergab er Herrn Rabl, und dafür durfte er dabeisein, wie Mathilde am Ostersonntag ihr Nest suchte. Fluffi sah zu, wie sie herumsprang und endlich hinter einem Laubhaufen das Nest fand. Jauchzend zeigte sie Fluffi, was ihr der Osterhase gebracht hatte, und etwas wie Neid stieg in dem großen Buben auf. Mit ihm hatte nie jemand Ostereier gesucht, zumindest erinnerte er sich nicht daran. Er schämte sich und hob das lachende Kind hoch in die Luft, und die Kleine kreischte und hielt sich an seinen Haaren fest. Dann ließ er sie auf seinen Schultern reiten, zeigte ihr Flip und Flop, aber es nützte alles nichts, er konnte nicht froh werden. Er brachte Mathildchen zu ihrer Mutter zurück und verzog sich in andere Gegenden.

So trottete er den Heckenzaun entlang, immer noch schweren Herzens, und spürte, wie die alte Verstocktheit und der alte Groll wieder über ihn kamen. Sosehr er sich dagegen wehrte, es half ihm nichts. Warum sollte er sich so furchtbar plagen, wenn sie ihn doch nicht gern hatten und nie zu ihm kamen? Er überlegte, ob er davonlaufen und Schiffsjunge werden oder lieber zur Fremdenlegion gehen sollte. Ja, und dann würde er sich aus eigener Kraft hinaufarbeiten und Kapitän werden, vielleicht auch Nordpolforscher oder Raumfahrer. Und nie, gar nie würde er seinen Eltern auch nur eine einzige Karte schreiben, nicht einmal zu Weihnachten. Er malte sich aus, wie sie sich dann um ihn grämen würden, und bei diesem Gedanken wurde ihm ein bißchen leichter ums Herz. Während er so mit gesenktem Kopf dahinging und für die jungen Schlüsselblumen und Krokusse auf der Wiese keinen Blick übrig hatte, hörte er plötzlich ein ganz dünnes jämmerliches Miauen. Er schrak aus seinen düsteren Gedanken auf, sah um sich und entdeckte, in der Hecke verkrochen, eine Tigerkatze, die klaglich wimmerte und bestimmt krank war. Fluffi bückte sich und streichelte ihren runden Kopf. Sie wehrte sich nicht und sah ihn aus ängstlichen Augen an. Ihre Nase war ganz heiß und trocken. Fluffi holte sie aus ihrem Versteck, und da zeigte sich gleich, was der armen Katze fehlte, sie hatte, wohl durch einen Unfall, ihren Schwanz verloren. Der kleine Stummel war blutverkrustet, und die Katze zitterte jetzt wie im Fieber. Fluffi überlegte, ob er sie Frau Rabl oder Professor Waschl bringen sollte, und entschied sich dann für den Professor, der bestimmt mehr von Tieren verstand. Außerdem war die lebhafte kleine Mathilde nicht der rechte Umgang für eine kranke Katze, die Ruhe brauchte. Der Professor beäugte, was Fluffi ihm da auf den Tisch gesetzt hatte.

»Es hat keinen Sinn«, sagte er, »die Wunde zu

verbinden; eine Katze reißt sich jeden Verband vom Leib, sie muß ihre Wunden sauberlecken können. An dieser Verletzung wird sie nicht sterben, wenn man in der Zwischenzeit für sie sorgt und ihr anständiges Fressen gibt, ein bißchen rohe Leber oder Rindfleisch und Milch oder Wasser. Aber gegen das Fieber werd' ich ihr etwas geben.«

Er kramte in seiner Hausapotheke herum, zerdrückte dann eine halbe Tablette mit etwas Wasser zu einem Brei und strich ihn der Katze auf eine Pfote. Die Katze besah mißtrauisch diese Bescherung und fing empört an, das weiße Zeug von ihrer Pfote zu lecken. Bestimmt schmeckte es ganz abscheulich, denn sie verzog das Gesicht zu einer Maske des Abscheus, leckte und schleckte aber tapfer weiter, bis sie auf diese Weise die Medizin im Bauch hatte.

»Das kannst du dir merken, Fluffi«, sagte der Professor. »Wenn du einer Katze Medizin eingeben mußt und sie wehrt sich dagegen, streichst du ihr den Brei auf den Pelz. Das kann keine Katze mit ansehen, lieber möchte sie sterben, als schmutzig sein, und sie wird die bittersten Medikamente ablecken, nur damit ihr Fell wieder sauber ist.«

Der arme Findling schien zwar entrüstet zu sein über diese Behandlung, war aber viel zu schwach, um vom Tisch zu springen und wegzulaufen. Der Professor wärmte eine Schale voll Milch, und nach einem mißtrauischen und vorsichtigen Geschnupper streckte die Katze ihre kleine rosa Zunge heraus, und im Nu war die Milch verschwunden. Dann ging sie, ein bißchen gestärkt, daran, ihren traurigen Schwanzstummel gesund zu lecken.

»Sie wird schon wieder werden«, sagte der Professor, »aber was tun wir mit ihr? Bei mir kann sie nicht bleiben, wegen der Kanarienvögel, und außerdem möchte ich gewisse Leute nicht noch mehr gegen mich und meine Menagerie aufbringen.«

Fluffi verstand das sehr gut. Er bedankte sich für die Erste Hilfe, nahm das Katzentier auf den Arm, ganz vorsichtig, um ihm ja nicht weh zu tun, und trug es in das Fünferzimmer. Ob er wollte oder nicht, er konnte die Katze in diesem erbärmlichen Zustand einfach nicht verstoßen, und solange der Turm auf Urlaub war, hatte er ja nichts zu befürchten.

Er setzte sie einstweilen auf sein Bett und stieg in den Keller hinunter, wo Herr Rabl allerhand brauchbares Zeug aufgestapelt hatte. Dort holte er sich zwei Schachteln, die eine füllte er halb mit Sägespänen, in der anderen sollte die Katze schlafen. Wieder in seinem Zimmer, breitete er ein altes Hemd in die Schachtel und setzte die Katze hinein. Das Katzenklo stellte er unter das Waschbekken. Die Katze ließ alles mit sich geschehen und döste vor sich hin. Sie schien aber verstanden zu haben, daß Fluffi es gut mit ihr meinte, denn sie stieß ihr rundes Köpfchen zart gegen seine Hand.

Ich könnte auch zu einem Zoo gehen, dachte Fluffi, als Tierwärter; komisch, mit Tieren hab' ich nie Schwierigkeiten, ich glaub', sogar die wilden Eisbären und die Nashörner hätten mich gern. Er ging in die Küche und suchte so lange, bis er ein bißchen Milch und Fleisch fand für seinen Schützling. Die Köchin und die Küchenmädchen hatten auch Urlaub, und Fluffi aß bei Frau Rabl.

Am Abend gab es für Wotan eine große Überraschung, als er von einem ausgedehnten Spaziergang heimkam und eine wildfremde Katze in seinem Zimmer entdeckte. Die Katze stellte die Haare auf und fauchte ganz leise, fiel aber gleich wieder um, als sie aufspringen wollte. Fluffi streichelte Wotan, sah ihn fest an und sagte ihm, daß die Katze jetzt zu ihnen gehöre und unter ihrem Schutz stehe. Wotan sagte »Wuff« und schien ihn verstanden zu haben. Er kümmerte sich nicht weiter um den neuen Zimmergenossen und zeigte nur auf diese Weise, daß er mit ihm nicht ganz einverstanden war. Und es war gut, daß er um die Schachtel einen weiten Bogen machte, denn der Katze ging es noch immer sehr schlecht. Sie schleppte sich jeden Tag einmal auf ihr Kistchen, dann kroch sie wieder auf ihr Lager. Fressen wollte sie nicht, aber sie trank gierig Milch und Wasser. Fluffi gab ihr noch eine von Professor Waschls Tabletten, und dann endlich schien das Fieber nachzulassen. Am dritten Tag fraß sie ein bißchen

Leber und trank nicht mehr so viel. Ihre Nase war kühl, und die Augen waren klar und gelb. Sehr schöne Augen hatte diese Katze, wie eine kleine Eule. Ihr Schwanz war auch schon fast verheilt, und am vierten Tag fing sie an, das Zimmer zu untersuchen.

Jetzt endlich nahm Wotan Notiz von ihr, die beiden beschnüffelten einander lang und eingehend, Wotan mehr erstaunt und die Katze eher ängstlich, aber das war wohl kein Wunder bei Wotans Größe. Als Fluffi am Abend von Frau Rabl heimkam, wo es übrigens einen herrlichen Apfelstrudel mit Rosinen gegeben hatte, fand er die Schachtel leer und die Katze im Kasten, ganz in Wotans Fell verkrochen. Der große Hund sah zufrieden und ein bißchen verlegen aus, und die Katze blinzelte zu Fluffi auf und schnurrte wie eine kleine, gutgeölte Maschine. Fluffi war sehr froh über diese neue Freundschaft, denn wenn Wotan sich um die Katze kümmerte, würde er, Fluffi, endlich Zeit finden, sich mit der englischen Grammatik zu beschäftigen. Er fing an, jeden Tag zwei Stunden zu lernen, und das war fast mehr, als er aushalten konnte. Irgendwie hatte er das Gefühl, nicht zum Gelehrten geboren zu sein, aber er wollte alles tun, um hierbleiben zu können bei seinen Freunden. Und wer weiß ...

Er verscheuchte diesen Gedanken sogleich, aber in einem Winkel seines Herzens hoffte er noch immer, eines Tages würden seine Eltern eingehängt den breiten Parkweg heraufkommen und ihn abholen. Und sie würden ihn gern haben und auf ihn stolz sein und sich jeden Tag in den Ferien um ihn kümmern.

»Blödsinn«, knurrte er laut und fing an, die Formen des Hauptwortes vor sich hin zu murmeln.

Im großen und ganzen aber war er mit diesen Ferien sehr zufrieden. Er hatte Wotan, mit dem er weite Ausflüge in die Gegend unternehmen konnte, und er hatte die Katze, die bei seiner Heimkehr freudig miauend ihr Köpfchen an seiner Stirn rieb oder ihm um die Beine ging. Die Katze war ein sehr zärtliches, liebebedürftiges Tier, wahrscheinlich war noch nie ein Mensch mit ihr gut und freundlich gewesen, und ihre größte Freude war, neben Fluffis Englischbuch auf dem Tisch zu liegen und Fluffi aus schläfrigen gelben Augenschlitzen beim Lernen zuzuschauen. Wenn es ihr langweilig wurde, stand sie auf, machte einen riesigen Buckel und legte eine Pfote auf das Buch. Dann mußte Fluffi aufhören und mit ihr spielen. Sie war bestimmt noch jung, denn sie spielte gern und rannte hinter Papierbällchen her oder versteckte sich hinter dem Kasten und sprang mit einem kleinen Freudenschrei Fluffis Beine an.

Und dann kam der Turm zurück, und Fluffi wußte nicht, wie es weitergehen sollte. Aber gerade so, als hätte die Katze seine Gedanken lesen können, blieb sie plötzlich aus und kam auch in der Nacht nicht mehr heim. Das Wetter war schön und mild, und es zog sie ins Freie. Wotan schien sie zu vermissen, denn er suchte sie in jedem Winkel und sah dann fragend zu Fluffi auf, aber Fluffi konnte nur die Schultern zucken. Einerseits war er froh, daß die Katze weggegangen war, denn sie hätte ihm nie so gehorcht wie Wotan. Wie alle Katzen, tat sie nur das, was sie selber tun wollte. Anderseits aber fehlte sie ihm sehr, sie war in den letzten Tagen wieder ganz schön mollig geworden, und ihr Tigerfell lag glatt und seidenweich um ihren kleinen Körper. Nun ja, sie hatte keinen Schwanz oder nur einen Stummel, wie ein Feldhase, aber dies konnte ihre Schönheit nicht beeinträchtigen. Fluffi hatte einmal in einer Zeitschrift gelesen, daß es eine englische Insel gab, auf der alle Katzen schwanzlos waren. Dorthin, dachte er, müßte ich mit ihr fahren, dann würde sie sich ganz daheim fühlen. Aber was nützte es, zu trauern, sie war fortgegangen, um ihm Scherereien mit dem Turm zu ersparen, und das war eigentlich verdammt anständig von dieser Katze.

Der Turm war übrigens blendend aufgelegt und hatte einen ganz schönen Sonnenbrand mitgebracht. Man sollte es nicht glauben, aber diese schwerfällig wirkende Riesin war eine begeisterte Bergsteigerin, allerdings unternahm sie nie allein einen Ausflug, weil sie sich vor Kühen und Pferden fürchtete und sogar vor Rehböcken und Hirschen. Sie gab diese ihre Schwäche auch ganz offen zu; Wotan schien der erste Hund zu sein, der ihr nicht Angst und Schrecken einflößte. Er hatte sogar eine gewisse Zuneigung zu ihr gefaßt und pflegte häufig auf ihren Inspektionsgängen hinter ihr herzutraben. Aber immer noch rührte sie ihn nicht an und schielte manchmal ängstlich auf ihre Beine nieder, ob nicht vielleicht ein Floh sie angesprungen habe.

Fluffi übernahm es, ihr das neue Gehege von Flip und Flop zu zeigen, die friedlich in der Sonne lagen.

»Sind sie vielleicht tot?« fragte der Turm hoffnungsvoll.

»Nein, Frau Doktor«, sagte Fluffi, »sie schlafen nur. Der Herr Professor hat sie hierherversetzt, damit sie nicht mehr ausreißen können. Hier sind sie ja wirklich keinem Menschen im Weg.« Dies schien den Turm zu beeindrucken.

»Sehr vernünftig und rücksichtsvoll«, sagte sie, »ich hab' ja immer gewußt, eines Tages wird er einsehen, daß stinkende Reptilien nicht in ein anständiges Internat gehören.«

Fluffi hob Flip hoch, es mochte auch Flop sein, wer außer ihrem Herrn konnte sie schon unterscheiden, und hielt ihn dem entsetzt zurückweichenden Turm unter die Nase.

»Sie riechen überhaupt nicht«, sagte Fluffi, und der Turm mußte ihm widerwillig zustimmen. Da riß Flip sein Mäulchen auf und zeigte seinen rosa Gaumen; seine schwarzen Stecknadel-Augen waren starr auf den Turm gerichtet.

»Eigentlich«, sagte der Turm zögernd, »hat er einen furchtbar kleinen Kopf. Er könnte mich nicht einmal in den Finger beißen.«

»Er ist ganz harmlos und nützlich«, beeilte sich Fluffi zu versichern, »und er frißt schädliche Insekten und ein bißchen Gemüse.«

»So, so«, murmelte der Turm, »er scheint gar kein richtiges Reptil zu sein, aber es ist gut, daß die Tiere jetzt im Freien sind.« Und sie kehrte Flip und Flop und Fluffi den Rücken und ging ins Haus, um dort nach dem Rechten zu sehen.

Wenige Tage später kamen Schorschi, Pepi und Clemens aus den Ferien zurück, und es gab ein großes Erzählen. Aber keiner von ihnen hatte so interessante Erlebnisse gehabt wie Fluffi, der strafweise im Internat geblieben war. Zwei Tage später hieß es, der Turm und Professor Waschl seien, einträchtig an einem Tisch sitzend, in der Konditorei Weißhäuptl gesehen worden und hätten sehr angeregt und freundlich miteinander geplaudert.

»Ich glaub's einfach nicht«, sagte Clemens.

»Ich schon«, sagte Fluffi. »Ich hab' immer gewußt, daß sie sich in Wirklichkeit ganz gut leiden können, und jetzt, wo Flip und Flop nicht mehr zwischen ihnen stehen, können sie doch endlich miteinander reden.«

Bald darauf behauptete Rosl, das blonde Küchenmädchen, sie habe gesehen, wie der Turm Flip und Flop mit Rosinen gefüttert und dabei immer um sich geblickt habe, ob sie wohl niemand sehen könne. Sie hatte Rosl, die hinter dem Küchenfenster versteckt war, natürlich nicht bemerken können.

»Ihr werdet sehen«, sagte Fluffi, »sie wird ihn noch zum Kaffee oder Tee einladen.«

Aber ehe es so weit kommen sollte, mußte noch viel Zeit vergehen. Jedenfalls herrschte jetzt im Internat eine bessere Stimmung als früher. Der Turm war ein bißchen milder geworden und schien nicht mehr dauernd an schmutzige Ohren, Hälse und Schuhe zu denken. Professor Waschl konnte endlich in Frieden leben und wurde so übermütig, daß er seiner staunenden Klasse zeigte, wie er die Ohren nach Belieben vor oder zurück legen konnte. Dadurch erreichte er ein Höchstmaß an Bewunderung, und alle lernten Naturgeschichte, um ihn zu erfreuen, und das war wiederum für sie sehr nützlich. Der Rex blühte auf in dem friedlichen Klima, das jetzt im Professorenzimmer herrschte, sogar einer der beiden Lateinlehrer, ein gewisser Professor Eberhardt, der den Buben ab der zweiten Klasse das Leben versauerte und so gefürchtet war, daß man nicht einmal einen Spitznamen für ihn gefunden hatte, schien plötzlich, wohl durch den strahlenden Frühling, wie verwandelt. Eines Tages erschien er in der Maturaklasse, mit einer Butterblume im Knopfloch, und pfiff einen Walzer vor sich hin. Dann verlangte er vom Klassensprecher ein Glas Wasser für seine Butterblume und erzählte der mehr als erstaunten Achten einen Witz, den alle schon seit der Ersten kannten. Es war nämlich einer von den Lieblingswitzen Ergos. Aber nach einem kurzen, entgeisterten Schweigen lachten alle, bis ihnen die Hälse weh taten. Dies gefiel dem Professor, und er vergaß, eine Aufgabe zu geben, und unterhielt sich zum erstenmal mit seinen Schülern von Mensch zu Mensch. Der Frühling schien wirklich eine wunderbare Wirkung auf alle Welt zu haben.

Aber der Frühling hatte auch noch andere, weniger angenehme Wirkungen. Er machte die Buben übermütig, unruhig und rauflustig. An den herrlichen Nachmittagen, wenn draußen die Sonne schien, stöhnten und seufzten sie hinter ihren Büchern. Auch der arme Fluffi verlor ein bißchen von seinem Eifer und schrieb eine elende Deutschschularbeit mit zwölf Rechtschreibfehlern darin. Diesmal hatten fast alle Wetten auf ihn gesetzt und ihre Schillinge verloren. Fluffi war ganz verzagt und glaubte ein paar Tage lang, jede Hoffnung aufgeben zu müssen, aber Schorschi, Pepi und Clemens ließen ihn gar nicht lang in diesem erbärmlichen Zustand verharren, sondern setzten ihm so lange zu, bis er sich wieder hinter die Bücher setzte. Es waren ja nur noch zwei Monate bis Schulschluß, und Fluffi hatte in diesem Jahr gute Aussichten, durchzukommen, wenn er jetzt nicht den Mut verlor.

Es war eine große Anstrengung, und das nicht nur für ihn, sondern auch für seine Freunde. Wenn die anderen Buben nach dem Abendessen noch eine Stunde in den Park liefen, saßen sie in ihrem Zimmer und trichterten Fluffi den Stoff ein. Dabei war er gar nicht dumm, er hatte nur noch nicht heraus, wie man wirklich lernt. Die einzige sorgenfreie Zeit war zwischen ein und drei Uhr, wenn sie Fußball spielten und ganz auf die Schule vergaßen. Fluffi hatte übrigens, seit er so fleißig war, schon vier Kilo abgenommen, und das tat ihm sehr gut, er wurde ein noch viel besserer Tormann als zuvor, weil er sich schneller auf den Ball werfen konnte. Pepi und Schorschi hatten sich kaum verändert, aber der kleine Clemens war zu seiner größten Freude fünf Zentimeter gewachsen, und seine Oberarme waren dadurch noch ein bißchen dünner geworden. Er klagte jetzt oft über Kopfweh und konnte die Sonne schlecht vertragen. Seine weiße Haut rötete sich und brannte und juckte, und deshalb war er der einzige Bub vom Fünferzimmer, der den Winter lieber hatte als den Sommer. Wenn man Wotan nicht dazurechnete!

Denn der litt in der Sonne in seinem langen, lockigen Fell und suchte gerne schattige Plätze auf, von denen aus er hechelnd dem Fußballspiel zusah.

Dann hatte Wotan eines Abends ein sonderbares Erlebnis. Als er sein Kastenbett aufsuchen wollte, wich er plötzlich zurück und stieß erschreckte Laute aus.

»Was ist denn los?« fragte Schorschi und sah in den Kasten und rief seine Freunde herbei.

»Seht ihr auch, was ich sehe?« fragte er.

»Natürlich«, sagte Fluffi und tat, als wäre er gar nicht überrascht, »meine Katze ist wieder da.«

»Ja«, sagte Pepi, »aber nicht allein.«

Wirklich, da lag sie auf Wotans Schlafplatz und sah stolz und glücklich auf Fluffi hin, und vier winzige Kätzchen lagen an ihrem Leib und tranken. Die Katze schnurrte vor Behagen, und ihre großen gelben Augen leuchteten vor Glück.

»Wie ist sie denn hereingekommen?« fragte Clemens.

»Kunststück«, sagte Schorschi, »wo ihr immer die Tür offenstehen laßt. Jetzt sitzen wir ganz schön in der Tinte. Schon Wotan ist eigentlich nur gnadenhalber geduldet, und der Turm tut, als wüßte er gar nicht, daß er hier bei uns schläft. In keinem Internat dürfen Hunde in einem Schlafzimmer schlafen. Glaubst du, dem Turm ist das einerlei?«

»Aber Wotan hat uns ja auch gerettet«, sagte Fluffi voll Überzeugung.

»Ja«, gab Schorschi zu, »sein Glück, sonst wär' er längst nicht mehr hier. Wie willst du denn jetzt noch eine Katze mit vier Jungen erklären, willst du sie dem Turm als Rettungsschwimmer vorstellen?« Er seufzte tief. »Dabei schauen sie so lieb aus, man kann sie unmöglich hinauswerfen.«

Wotan schien freudig erregt zu sein, weil seine Freundin zurückgekommen war, aber die Katze ließ ihn nicht in die Nähe ihrer Kinder kommen, und so wurde Pepis Kasten ausgeräumt, und alle Schuhe wurden auf Clemens und Schorschi aufgeteilt. Wotan wollte zunächst nicht in sein neues Heim ziehen und ließ sich erst nach langem Zureden Fluffis und nach einer Spende von drei Zukkerstücken zu diesem Umzug bewegen.

»Wir müssen jetzt in der Nacht die Tür offen lassen, damit die Katze weggehen kann«, sagte Pepi, »Katzen kann man nicht einsperren. Unten in der Halle kann sie beim Gitterfenster hinausspringen, dort ist immer offen.«

»Und das zwei Tage vor der Mathematikschularbeit«, seufzte Clemens. Fluffi schlich in die Küche hinunter und erbettelte bei Rosl eine Schale Milch und eine Semmel.

»Was hast du denn jetzt wieder vor?« fragte das Mädchen lachend. »Ziehst du Igel auf oder junge Füchse? Paß nur auf, erst gestern hat die Frau Doktor im Zweierzimmer drei Blindschleichen und einen Laubfrosch gefunden, das ganze Zimmer hat Ausgangsverbot, und alle müssen zwanzigmal schreiben: Ich soll im Schlafzimmer keine Reptilien halten! Und einer von den Buben hat ganz frech gesagt: ›Wir können uns leider keinen Hund leisten!‹ Die Frau Doktor war böse wie schon lange nicht.«

Fluffi bedankte sich für die Warnung und trug die Milch vorsichtig die Stiege hinauf. Er fütterte seine Katze, und dabei ging ihm immer im Kopf herum, was die blonde Rosl ihm erzählt hatte. Man durfte auf keinen Fall den Turm verärgern, andererseits konnte er die Katze, die ihm vertraute und ihm ihre Kinder gebracht hatte, nicht im Stich lassen. Und zu Professor Waschl konnte er wegen der Kanarienvögel nicht damit kommen. Er wollte es auch in Wirklichkeit nicht, nein, auf keinen Fall würde er sich von der Katzenfamilie trennen. Er wußte auch, daß man der Katze ihre Jungen wegnehmen und sie umbringen würde. Natürlich konnte man nicht alle Katzen aufziehen, sonst würde die Welt vor hungrigen Katzen überquellen, aber gerade diese vier sollten am Leben bleiben, weil sie die Kinder seiner Katze waren.

»Wir müssen den Katzen Namen geben«, sagte er zu seinen Freunden.

Die vier Kätzchen sahen ganz verschieden aus, eins war schwarzhaarig, eines semmelfarben, eins ein kleiner Tiger wie seine Mutter, und das vierte war weiß und schwarz gefleckt, eine sehr gemischte Gesellschaft.

»Aber wir wissen ja noch nicht einmal, ob sie Kater sind oder Weibchen«, sagte Clemens.

»Das kann man bei kleinen Katzen gar nicht so bald feststellen«, mischte sich Pepi ein, und da er mit Katzen eine gewisse Erfahrung hatte, hörten sie alle auf ihn. »Ich glaub' aber«, sagte er fachkundig, »drei sind Kater, sie haben dicke, runde Köpfe, und das kleinste mit der schmalen Nase ist ein Weibchen.«

Jeder der Buben übernahm die Patenschaft für ein Kätzchen. Clemens suchte sich den schwarzen Kater aus und nannte ihn Black Sheep, Fluffi nahm sich den Tiger und nannte ihn Uhu, weil er so große gelbe Augen hatte, Schorschi entschied sich für das Scheckchen und nannte es Mauz, und Pepi gab seinem Kätzchen den Namen Milli. Die Katzenmutter nannten sie wegen ihres Stummelschwänzchens Hasi. Es war zwar ein sonderbarer Name für eine Katze, aber von hinten gesehen, sah sie ja wirklich wie ein Feldhase aus.

Die Katze hatte inzwischen ihre Milch getrunken und sogar die eingeweichte Semmel gefressen, ein Zeichen, daß sie sehr hungrig war, und war dann friedlich schnurrend eingeschlafen. Die Buben berieten, was nun mit ihren Schützlingen geschehen sollte.

»Erstens«, sagte Pepi, »muß Fluffi die Mädchen

herumkriegen, die immer aufräumen kommen und die Katzen bestimmt entdecken werden. Wie lange müssen denn Katzen bei ihrer Mutter trinken?«

»So an die fünf Wochen bestimmt«, sagte Pepi sachverständig. »Früher können wir sie nicht weggeben.«

»Das wird sehr schwierig werden«, seufzte Fluffi, und keiner der Buben widersprach ihm.

Zum Glück schien die Katze Hasi nur in der Nacht weggehen zu wollen, zu einer Zeit, wo niemand sie sehen konnte. Sie war überhaupt ein ganz lautloses Geschöpf und nicht zu vergleichen mit Wotan, den man auf die Dauer wirklich nicht hätte verstecken können. Die Mädchen wurden von Fluffi mit Pralinen bestochen, aber sie hätten ihn auch so nicht verraten. Sie erzählten es nicht einmal der Köchin, die alles, was sie sah und hörte, dem Turm hinterbrachte. Die beiden Mädchen waren selber noch so jung, daß sie am liebsten stundenlang mit den Katzen gespielt hätten. Sie hielten sich jetzt immer möglichst lang am Vormittag im Fünferzimmer auf und brachten die anderen Zimmer nur oberflächlich in Ordnung. Und sie hatten immer ein paar Leckerbissen mit für die brave Hasi und ihre Kinder. Hasi fraß alles, was sie bekommen konnte, sie war wieder mager geworden, weil die vier Kätzchen den ganzen Tag an ihr hingen und tranken. Sie wurden auch zusehends größer und lebendiger und sahen bald wirklich aus wie Katzen.

»Arme Hasi«, sagte Fluffi, »deine Kinder fressen dich noch auf«, und er streichelte ihren runden, schönen Kopf. Die Katze sah zu ihm auf, leckte seinen Finger ab und streckte sich wohlig schnurrend aus. Es konnte gar kein glücklicheres Wesen geben als diese Katzenmutter.

Inzwischen waren zwei Wochen vergangen, und eine Reihe von Schularbeiten und Prüfungen stand vor der Tür. Der Mai hatte wieder einmal schlechtes Wetter gebracht, und es war für eine Zeit vorbei mit dem Fußballspielen. Die fröhliche, milde Frühlingsstimmung ebbte wieder ab, und die Lehrer wurden von Tag zu Tag strenger und hatten nichts anderes mehr im Sinn, als wie sie mit ihrem Stoff zu Ende kommen sollten. Noch immer war Professor Waschl nicht vom Turm zum Tee eingeladen worden. Der Rex war vergrämt, weil er fünfmal hintereinander gegen den Turm im Schach verloren hatte, und auch Professor Waschl war betrübt, weil einer seiner Kanarienvögel entflohen war.

»Er wird wohl nicht mehr leben«, sagte er »ein Tier, das in der Gefangenschaft aufgewachsen ist, kann in der Natur nicht überleben. Er könnte sich nicht einmal selber sein Futter suchen. Merkt euch das, ihr Buben«, und er hielt einen langen Vortrag darüber, wie sehr die Menschen oft ihren Haustieren schaden, nur weil sie nichts von ihrem Leben wissen.

In dieser ohnedies recht trüben und unangenehmen Zeit ereignete sich etwas, was das ganze Internat in Aufregung und den armen Turm in Schrecken versetzte. Zwei Buben aus der Vierten, zwei ausgesprochene Bastler, hatten schon vor Wochen einen Nachschlüssel für den Dachboden zurechtgefeilt und dort ihre freien Stunden verbracht, und hinter altem Gerümpel versteckt, hatten sie eine zweisitzige Flugmaschine gebaut, die so ähnlich funktionieren sollte wie ein Segelflugzeug, aber nur ganz kleine Tragflächen besaß. Eben diese kleinen Tragflächen waren das Neue und Aufsehenerregende an der Erfindung. Zur Sicherheit hatten sie auch einen kleinen Motor eingebaut und waren überzeugt davon, daß nichts schiefgehen konnte. Sie beabsichtigten, mit ihrem ersten Flug am Pfingstsonntag das Internat zu überraschen, und wollten zuvor einmal insgeheim ihre Maschine ausprobieren, um sich ja nicht zu blamieren. So schafften sie das kostbare Stück, in dem nicht nur viel Arbeit, sondern auch das Taschengeld eines halben Jahres steckte, zu einer Zeit, in der niemand in ihrem Zimmer war, vom Dachboden herunter. Es war sehr günstig für ihr Vorhaben, daß ihr Zimmer einen ziemlich großen Balkon hatte. Mit größter Mühe befestigten sie die Maschine mit Stricken auf dem Balkongitter, dann stiegen sie in ihre Sitze, warfen den Motor an, durchschnitten die Stricke, und los konnte die Reise gehen.

Es wurde leider eine sehr kurze Reise, und die beiden Erfinder landeten mit einem furchtbaren Plumpser mitten in den Trümmern ihrer Maschine vor dem Haus. Zum Glück hatten sie ihren Flug nur vom ersten Stock aus versucht und waren ihre Köpfe besonders hart. Es zeigte sich, daß der eine das Schienbein gebrochen hatte und der andere einige Rippen und eine Zehe. Entdeckt wurde die Bescherung von der Köchin, die einen gellenden Schrei hörte, ans Fenster stürzte und die beiden Flieger aufklatschen sah. Sie war nicht mehr die Jüngste und fiel um wie ein Stück Holz, aber nicht ohne zuvor einen furchtbaren Schrei auszustoßen, der den entsetzten Turm herbeilockte. Die beiden verunglückten Erfinder, zwei besonders stille, angenehme Buben – sie hatten ja bisher nie Zeit gefunden, irgend etwas anzustellen –, wurden ins Krankenhaus gebracht. Der Turm sah am Abend im Speisesaal ganz alt und müde aus und schiefer als je zuvor. Sie konnte nicht einmal eine Strafpredigt halten, es hätte auch wenig Sinn gehabt, da die Übeltäter gar nicht mehr im Haus waren. Sie durften übrigens schon nach einer Woche heimkommen, aber der Turm konnte sich nicht so schnell von seinem Schrecken erholen. Überhaupt machte sich eine allgemeine Müdigkeit und Gereiztheit bemerkbar. Das Schuljahr neigte sich dem Ende zu, und alle, besonders aber die Lehrer, hatten eine Erholung dringend nötig.

An einem dieser Tage fand Schorschi den Brief seiner Schwester in der Rocktasche und beschloß, ihn endlich zu beantworten. Er schrieb:

»Liebe Dorli!
Vielen Dank für Deinen Brief. Mir geht es gut. Ich muß viel lernen. Hoffentlich Du auch! Hier sind zwei Buben vom Balkon gefallen mit einer Flugmaschine. Sie sind aber nicht tot.

Auf Wiedersehen wünscht Dir

Dein Bruder Georg«

Nachdem er die Karte eingeworfen hatte, tat es ihm leid um das Geld, das er dafür ausgegeben hatte. Er wußte gar nicht, was so plötzlich in ihn gefahren war. Wenn er wenigstens stolzer und unfreundlicher geschrieben hätte! Unzufrieden mit sich selber, trabte er ins Internat zurück. Auf der Straße spielte die kleine Mathilde mit Steinchen. Schorschi las sie auf und brachte sie ihrer Mutter zurück, der sie entwischt war. Die Kleine sah ein bißchen aus wie Katrinchen, mit ihren großen braunen Augen und der kleinen Stupsnase, und auf einmal hatte Schorschi schreckliche Sehnsucht nach seinen kleinen Zwillingsschwestern, und er nahm sich vor, im Sommer recht nett und geduldig mit ihnen zu sein. Er wußte, daß er es nicht lange durchhalten würde, aber schon der Vorsatz war befriedigend.

Als er ins Fünferzimmer kam, erwartete ihn eine Überraschung. Seine Freunde saßen auf einem Bett und sahen zu, wie Wotan die jungen Katzen, die aus dem Kasten gekrochen waren, vorsichtig wieder in ihr Nest zurücktrug. Er plagte sich ganz vergeblich, denn kaum hatte er eine zurückgebracht, krabbelte die andere schon wieder im Zimmer umher. Hasi war nicht da, und Wotan schien sich für ihre Kinder verantwortlich zu fühlen.

»Das tut er schon eine halbe Stunde«, sagte Clemens, »ich hab' noch nie einen so guten, geduldigen Hund gesehen.«

»Jetzt, wo sie anfangen herumzurennen, wird es aber wirklich gefährlich«, sagte Fluffi, »und Hasi läuft jetzt dauernd weg, möchte wissen, warum?«

»Sie hat die Nase voll«, behauptete Schorschi. »Ich kann das verstehen, meine Mutter kann uns auch zeitweise gar nicht aushalten. Einmal hat sie sogar geweint; es war ganz furchtbar, die Zwillinge haben gebrüllt wie am Spieß, meine Schwester Dorli hat Mundharmonika gespielt, die Milch ist übergelaufen, und der Briefträger hat geläutet. Wenn ich nicht geholfen hätte, ich weiß nicht, was meine Mutter hätte anfangen sollen. O ja, ich kann die arme Hasi verstehen. Wißt ihr, wie lästig so kleine Fratzen sein können?«

»Aber, Schorschi«, rief Clemens entrüstet, »sie sind doch so hübsch und lustig.«

»Das kenn' ich«, sagte Schorschi, »meine kleinen Schwestern sind auch hübsch und lustig, und doch möchte man sie manchmal aus dem Haus jagen.«

»Sie müssen noch eine Zeitlang trinken«, sagte Pepi nachdenklich, »sonst werden sie krank und kriegen krumme Beine.«

Plötzlich sprang Clemens vom Bett und fragte: »Und wem wollen wir sie denn überhaupt geben, wie stellt ihr euch das vor?« Auf diese Frage folgte betretenes Schweigen. Sichtlich hatte sich noch keiner der Buben den Kopf darüber zerbrochen.

Schließlich räusperte sich Pepi und sagte: »Ich glaub', es ist am gescheitesten, wenn ich die Hasi und die kleine Milli mit nach Hause nehme. Wir können immer Katzen brauchen, und bei meiner Mutter geht es ihnen bestimmt gut, sie hat was übrig für Katzen. Und auf die Dauer können wir hier nicht einmal die Hasi behalten.«

Alle nickten zu seinen Worten, und Fluffi wurde es schwer ums Herz. Er hatte Hasi immer als seine Katze betrachtet, weil er sie gerettet und gepflegt hatte.

»Na ja«, fuhr Pepi fort, »und für die anderen Katzen müßt halt ihr einen Platz finden, jeder für sein Patenkind.«

»Schade«, sagte Schorschi, »ich hätte meinen

Mauz so gern mit heimgenommen, aber das kann ich meiner Mutter nicht antun, und der arme Mauz hätte auch keine ruhige Minute bei Katrinchen und Bettinchen, die zwei würden ihn beim Schwanz ziehen und ihn womöglich erdrücken vor lauter Liebe. Sie sind noch viel zu dumm für so etwas. Ich werd' mir aber was anderes für ihn ausdenken.«

»Also«, sagte Pepi, »dann denk nur fest nach, und ihr zwei denkt auch nach, wie ihr eure Katzen unterbringt. Wenn jetzt nicht Matura wäre, hätte uns der Turm schon lang erwischt.«

Und das war die reine Wahrheit. Kein Mensch besah sich derzeit die Hälse, Ohren oder Schuhe allzugenau, jeder war nur mit der Maturaklasse beschäftigt, und die anderen Buben konnten ein bißchen aufatmen. Alle, die bisher auf Fluffi gewettet hatten, wandten ihr Interesse den großen Buben von der letzten Klasse zu und suchten sich dort ihre Pferdchen, auf die sie ihre Groschen setzten. Es war für Fluffi eine große Erleichterung, daß keiner ihm auf die Schulter klopfte und »hopp, hopp« schrie. Übrigens sah die Lage für ihn jetzt schon viel rosiger aus, und nach einer Besprechung im Professorenzimmer hatte sich der Turm eines Abends hingesetzt und einen langen Brief an Fluffis Vater geschrieben, einen Brief, in dem all das zu lesen war, was sie ihm schon lange hatte sagen wollen. Aber davon ahnte Fluffi nichts. Er wandelte im Park umher, und statt zu raufen, wiederholte er Vokabeln oder ließ sich von Schorschi aus Geographie und Naturgeschichte prüfen.

»Weißt du, Schorschi«, seufzte er, »ich komm' mir vor wie ein gezähmter Tiger, der statt Fleisch nur noch Heu frißt.«

Aber in Wahrheit war er ganz zufrieden, er merkte nämlich, daß er endlich lernen konnte wie alle anderen Buben auch. Es war, als hätte man in eine verrostete Maschine ein paar Tropfen Öl gegeben, und plötzlich lief sie wie geschmiert. Die letzten Schularbeiten rückten näher, und von ihnen hing sehr viel ab. Clemens plagte sich wieder einmal mit Mathematik und ließ sich von Pepi helfen. Viel konnte ihm ja nicht geschehen, denn er war der Beste in Deutsch und Englisch und hoffte, der gute Professor Schnüffel werde nicht zu hart mit ihm ins Gericht gehen. Am wenigsten lernten Pepi und Schorschi, sie wußten, daß sie durchkommen würden, und so taten sie nicht mehr, als unbedingt notwendig war. Beide waren sie recht faul und spielten lieber im Park oder im Zimmer mit Wotan und den Katzen. Nicht einmal der Gedanke an Dorlis Vorzugszeugnis konnte Schorschi zum Lernen aneifern. Er dachte jetzt viel darüber nach, wie er Mauz einen recht guten Platz verschaffen könnte, aber es fiel ihm nichts Gescheites ein.

In derartige Gedanken versunken und spielerisch einen Stein vor sich herstoßend, ging er am Sonntagnachmittag in den Ort, ganz allein, denn Fluffi und Clemens lernten Mathematik, und Pepi, über den die Wanderlust gekommen war, hatte mit anderen Buben einen Ausflug unternommen. Es machte Schorschi nichts aus, denn jetzt war er manchmal ganz gern allein und verkroch sich mit einem Buch aus der Bibliothek irgendwo im Park und las. Er hatte noch ein paar Schillinge bei sich und betrachtete die Auslage der Konditorei. Herrliche gelbe Cremeschnitten leuchteten ihm da entgegen, und er spürte schon, wie ihm das Wasser im Mund zusammenlief. Er überlegte nicht lange und ging durch die Tür. Es war ein schöner, warmer Tag, und kein Mensch saß in der Konditorei außer der Besitzerin und dem Postfräulein. Schorschi bestellte eine Cremeschnitte und ein Glas Himbeersaft und setzte sich in die hinterste Ecke. Frau Weißhäuptl, die ein Herz für die Internatsbuben hatte, brachte ihm die größte Schnitte, die sie hatte finden können.

»Laß sie dir gut schmecken«, sagte sie und tätschelte seinen Kopf. Schorschi hatte das zwar gar nicht gern, aber diesmal verzieh er dieses Vergehen, denn sie war wirklich eine hochanständige Frau und hatte ihm einmal statt einer Schaumrolle zwei eingepackt und das Geld für die zweite nicht angenommen. Derartige Leute durften ihm sogar den Kopf tätscheln. Er selber, Schorschi, war ja auch nicht fehlerfrei, wahrscheinlich verlockte ein Kopf mit drei Wirbeln besonders zum Tätscheln. Er versenkte sich ganz in den Genuß des Essens und hörte nur mit halbem Ohr auf das Gerede der beiden Frauen. Es schien sich darum zu handeln, daß Frau Weißhäuptls fetter Kater Burschi schon drei Wochen ausgeblieben war. Plötzlich gab es Schorschi einen Ruck, und er hätte sich fast an der Schnitte verschluckt. Er dachte daran, wie dieser schlaue Kater ein Leben wie im Paradies geführt hatte, man denke nur, mit all dem Schlagobers rundherum. Meist war er auf einem Fensterbrett gelegen, hatte sich faul gerekelt und genießerisch seine Pfoten geleckt, und jeder, der an ihm vorbeigegangen war, hatte ihn ein bißchen gestreichelt oder hinter den Ohren gekrault. Wenn das nicht ein guter Platz für seinen Mauz war, dann wollte er nicht mehr Schorschi heißen! Er wartete ein Weilchen, bis das Postfräulein gegangen war und Frau Weißhäuptl kam, um seinen Teller wegzuräumen.

»Frau Weißhäuptl«, fing er an und spürte, wie er rot wurde, »möchten Sie nicht einen kleinen gescheckten Kater, der fast genauso aussieht wie Ihr Burschi?« Frau Weißhäuptl setzte sich zu ihm und fing an, die ganze Geschichte nach und nach aus ihm herauszuholen. Sie versprach Schorschi, nichts davon weiterzusagen, und war ganz begierig darauf, den kleinen Mauz kennenzulernen.

»Nächsten Sonntag«, versprach Schorschi. »Eher kann ich ihn nicht bringen, weil er noch ein bißchen zu klein ist und ich auch nicht früher Ausgang hab'. Aber nehmen Sie ihn auch ganz bestimmt?«

»Du kannst dich auf mich verlassen«, sagte sie. »Bei mir hat noch jede Katze ein schönes Leben gehabt. Weißt du, ich bin ganz verrückt auf Katzen, und alle Katzen mögen mich, sie wissen schon warum.« Und sie streichelte Schorschis Kopf.

Schorschi verhielt sich ganz still, denn für Mauz wollte er schon ein kleines Opfer bringen. Viel leichteren Herzens, als er gekommen war, trabte er wieder heimzu. Den Stein, den er in die Hosentasche gesteckt hatte, trieb er wieder vor sich her, und es gelang ihm, ihn bis zu den Stufen des Hauses zu stoßen, ohne ihn einmal mit der Hand berührt zu haben. Dies war bei einem Weg von zwanzig Minuten bestimmt ein schöner Erfolg.

Er beschloß, seinen Freunden noch nichts zu sagen wegen Mauz, denn wenn er auch Fluffi völlig vertrauen konnte, Clemens war ohneweiters dazu imstande, zu Frau Weißhäuptl zu rennen und ihr Black Sheep aufzuschwatzen. Sein Mundwerk war berüchtigt im Internat, und Frau Weißhäuptl war eine gutmütige Person, die man leicht überreden konnte. Schorschi wünschte natürlich auch Black Sheep ein feines Plätzchen, aber zunächst einmal mußte er Mauz versorgen. Da er sich schlecht verstellen konnte, merkte man ihm seine Befriedigung sofort an.

Clemens sagte: »Hallo, Schorschi, du schaust aus wie Hasi, wenn sie ihre Milch geschleckt hat, was gibt es denn Neues?«

»Ach, gar nichts«, sagte Schorschi grinsend. »Ich hoffe, ihr zwei Burschen habt brav gelernt, während ich mir eine Cremeschnitte hab' schmekken lassen«, und er rannte gleich weg, ehe Fluffi und Clemens sich auf ihn stürzen konnten.

Der nächste Tag, von dem so viel abhing, ging gut vorbei. Die Schularbeit war zwar nicht leicht gewesen, aber Professor Schnüffel, der guter Laune war, weil er seit Wochen schnupfenfrei war, hatte sich sofort ans Verbessern gemacht und war am Abend noch einmal ins Internat gekommen, um den Buben zu sagen, daß es kein Nichtgenügend gab.

»Damit ihr besser schlafen könnt, ihr Strolche«, sagte er und strahlte selber über das ganze Gesicht. »Und mir tut ein Abendspaziergang nur gut.«

Die freudige Nachricht verbreitete sich in Windeseile. Clemens schlug ein Rad auf der Wiese und schrie: »Schluß mit der Lernerei, jetzt bin ich ein freier Mensch. Juhu!!« Und er schlug einen derartigen Lärm, daß der Turm am Bibliotheksfenster erschien und ihm riet, ja sofort den Mund zu halten, wenn er nicht etwas sehr Unangenehmes erleben wollte.

Der arme Fluffi seufzte tief, er hatte noch zwei Hürden vor sich, eine Englisch- und eine Deutschschularbeit, ehe er wirklich aus dem Wasser war, und in einer Woche würde sich alles entschieden haben. Plötzlich ärgerte auch er sich über Clemens' Geschrei.

»Ach, sei doch still, du verrückter Kasper«, murrte er, »kein Mensch will wissen, ob du noch lernen mußt oder nicht.«

Aber Clemens war nicht zu bändigen. »Hopp!« schrie er. »Hopp, Fluffi, braves altes Streitroß, und spring nur schön hoch, hopp, hopp!« Schorschi, der daneben stand, sah plötzlich, wie Fluffi ganz dunkel vor Zorn anlief, und ehe etwas geschehen konnte, ging er zu Clemens hin und schüttelte ihn einmal gut durch.

»Es genügt schon«, sagte er ruhig, »wir haben alle Ohren, und jetzt reicht es uns. Komm lieber mit mir, ich muß dir etwas zeigen«, und er schleppte den ahnungslosen Clemens hinters Haus, wo Flip und Flop sich schon in ihr Zelt zurückgezogen hatten und wo es gar nichts zu sehen gab. Und dort, wo kein Mensch es sehen konnte, gab Schorschi in aller Ruhe Clemens eine mittlere Ohrfeige und sagte: »So, und wenn du Fluffi diese Woche nicht in Ruhe läßt, aber wirklich in Ruhe, dann kannst du mich kennenlernen, du kleiner Mistfink!«

Clemens starrte ihn entsetzt an. »Aber, Schorschi«, rief er, »ich hab' doch nur Spaß gemacht, was hab' ich denn schon getan?«

»Denk nur nach darüber«, sagte Schorschi grimmig, »du kommst bestimmt dahinter, so ein Schlaukopf, wie du bist«, und er ließ Clemens allein bei Flip und Flop hinter dem Haus zurück.

Zum erstenmal in seinem Leben kam es Clemens in den Sinn, daß er nie darüber nachgedacht hatte, wie seine Worte auf andere Leute wirkten, und der Verdacht stieg in ihm auf, daß er nicht unschuldig war an den vielen Schlägen, die er immer bezog. Bestimmt war es so, denn in der Sechsten gab es einen Buben, der war mindestens so rothaarig wie er und obendrein sehr häßlich, aber den lachte kein Mensch aus, im Gegenteil, alle hatten Respekt vor ihm, und er geriet nie in Schwierigkeiten. Aber ich kann einfach nicht aus meiner Haut, dachte Clemens betrübt, und er war diesmal beim Abendessen sehr schweigsam.

Nachher ging er noch einmal in den Park und fühlte sich recht elend und verlassen. Niemand mochte ihn, und wenn sie ihn mochten, so benahm er sich so widerlich gegen sie, daß sie ihn nicht aushalten konnten. Wirklich, dachte er, ich bin ein rechtes Ungeheuer. Dann fiel ihm ein, daß er in den nächsten Tagen einen Platz für Black Sheep finden mußte und daß er noch gar keine Ahnung hatte, was er tun sollte. Professor Waschl kam wegen der Kanarienvögel nicht in Frage. Der verflogene Vogel war glücklich zurückgekommen.

Er schlenderte zum Pförtnerhaus und traf dort Frau Rabl, die ihre Blumen goß. Sie bot ihm ein Stück Mohnkuchen an, und trotz seiner Sorgen konnte Clemens nicht nein sagen und schlang drei Stück davon hinunter. Plötzlich kam ihm ein Gedanke, und er sagte scheinheilig: »In dieses Haus müßte eigentlich eine Katze gut passen.«

Frau Rabl stutzte, und dann lachte sie hellauf.

»Hör zu, Kleiner«, sagte sie. »Ich weiß genau, was du willst. Aber schlag dir das aus dem Kopf. Mit der Frau Doktor im ersten Stock kann ich keinen Hund und keine Katze halten, und neben meiner Mathilde hätte eine junge Katze ein trauriges Leben. Ich kann dir nur raten, schau, daß du die Katzen aus dem Haus bringst, sonst gibt es noch einen Krach vor Schulschluß. Alles könnt ihr von mir haben, aber eure Hunde, Katzen, Eidechsen, Blindschleichen und Kröten, mit denen will ich nichts zu tun haben; und das kannst du allen deinen Freunden sagen.«

Das war ein offenes Wort. Betrübt ging Clemens ins Internat zurück. Was für ein gemischter Tag! Am Morgen diese fürchterliche Schularbeit, dann die Angst und endlich der Freudenrausch, die Ohrfeige von Schorschi und die kalte Dusche von Frau Rabl. Er war ganz durcheinander im Kopf und spürte, wie seine Ohren heiß wurden.

Es war einfach nicht auszuhalten. Im Vorbeigehen versetzte er einem Baumstamm einen kräftigen Fußtritt und hätte am liebsten vor Schmerz aufgeheult, weil er sich die Zehe verstaucht hatte. Er war jetzt richtig wütend, aber ganz tief drinnen in ihm sagte ein feines Stimmchen: Recht geschieht dir, du Dummkopf, was hat dir denn der Baum getan, dir selber hättest du einen Tritt geben müssen.

Im Fünferzimmer bot sich ihm ein friedliches Bild. Fluffi lernte Vokabeln, auf seinen Knien schlief Hasi, und die vier jungen Katzen krabbelten auf Wotan herum, der immer mehr zu ihrem geduldigen Kindermädchen geworden war. Mit dem Größerwerden der Katzen hatte sich ein neues Problem ergeben. Sie mußten ab und zu einmal aufs Klo gehen, und das Kistchen mit den Sagespänen wurde möglichst versteckt aufgestellt, und jeden Tag mußte ein anderer Bub es ausleeren und neu füllen, möglichst, ohne von jemandem gesehen zu werden. Seit die Katzenkinder laufen konnten, wollten sie nicht mehr im Kasten bleiben und krabbelten im Zimmer herum. Wenn man sie abends einsperrte, miauten sie kläglich und leise, aber durchdringend. Wenn der Turm nicht ein bißchen schwerhörig gewesen wäre, hätte er längst hinter das Geheimnis kommen müssen. Nächste Woche, wenn die Matura und alle Feierlichkeiten vorüber waren, mußten die Katzen aus dem Haus.

Es war schon schwierig genug, daß Hasi und die kleine Milli bis zum Schluß bleiben mußten.

Schorschi sagte: »Ich geh' ins Bett«, und ging mit seinem Waschzeug in den Duschraum. Clemens war schon ins Bett gekrochen, nur Fluffi lernte noch immer. Hasi glitt von seinen Knien und verlangte zur Tür hinaus. Fluffi ließ die Tür angelehnt, dann wies er Wotan in den Kasten, und die kleinen Katzen liefen eilig hinter ihrem riesigen Freund her und verkrochen sich in sein warmes Fell.

Dann erschien der Turm und sagte: »Es ist unglaublich, eben hab' ich auf dem Gang eine Katze gesehen. Wir werden doch keine Mäuse im Haus haben!«

Die Buben rührten sich gar nicht, und der Turm zog sich unwillig zurück. Fluffi dachte nach über die Gefahr, in der die ganze Katzenfamilie schwebte, und in diesem Augenblick faßte er einen verwegenen Plan. Jetzt wußte er endlich, was er mit Uhu, dem kleinen Tiger, anfangen würde. Er hörte auf, sich vor der Schularbeit zu fürchten, und während er seinen Plan genußreich und lang ausmalte, schlief er friedlich ein.

Diese fürchterliche Woche ging vorüber wie jede andere auch. Am Freitag war die letzte Schularbeit gewesen, und ein paar Buben, unter ihnen auch Fluffi, warteten gespannt auf das Ergebnis. Der Rex verbesserte leider nicht so schnell wie

Professor Schnüffel, er war ja auch viel älter und hatte eine Menge anderer Arbeit. Außerdem war er besonders gründlich und überlegte bei jeder Note hin und her, ob sie wohl gerecht wäre. Auf diese Weise wurde es Samstag abend, und noch immer wußte man nichts. Der Turm wandelte seufzend im Speisesaal hin und her. Schließlich, nach dem Abendessen, ging sie in die Bibliothek, wo der Direktor saß, und schlug ihm zur Entspannung ein Schachspiel vor. Und da zeigte sich, wie heldenhaft der Turm sein konnte, wenn es um ihre Schützlinge ging, denn auf rätselhafte und wunderbare Weise gewann der Direktor das Spiel. Nachher plauderten die beiden noch recht angeregt eine halbe Stunde miteinander, und dann ging der Turm weg und leckte sich zufrieden die Lippen. Sie ging von Zimmer zu Zimmer und auch ins Fünferzimmer und beugte sich über Fluffis Bett und flüsterte ihm etwas zu. Fluffi hatte gerade noch Zeit gefunden, die Decke über Hasi zu ziehen, die es vorzog, bei ihm zu schlafen und ihre unruhigen Kinder dem treuen Wotan zu überlassen. In seiner Freude über das Ergebnis der Schularbeiten drückte er Hasi an sich, und sie biß ihn spielerisch in den Finger. »Gib schön Ruhe«, hieß das in ihrer Sprache, »sonst muß ich strenger mir dir werden!«

Fluffi lachte leise, und dann lag er noch lange wach und malte sich aus, was seine Eltern dazu sagen würden. Er wußte, wenn sie diesmal seinen guten Willen nicht sehen wollten, würde etwas Schreckliches geschehen, etwas, woran er gar nicht denken mochte. Hasi schnurrte wohlig, und Wotan und Pepi schnarchten im Duett, der eine tief wie ein Baß, der andere ein bißchen höher. Fluffi fand, es klang gar nicht so übel, besonders, wenn dazwischen die kleinen Katzen im Schlaf quietschten. Wenn man froh war, machte es gar nichts aus, nachts wach zu liegen. Der Wind fuhr durch die Bäume, und ein Fensterflügel knarrte ganz leise, und vom Park stieg süßer Heugeruch auf, Herr Rabl hatte am Morgen die Wiese gemäht. Und dann mußte Fluffi doch eingeschlafen sein, denn plötzlich war es ganz licht im Zimmer, und Clemens war schon aus dem Bett gesprungen, und auch Wotan hatte schon sein Kastenlager verlassen und tappte hinter seinen Schützlingen her. Es ist ein großartiges Gefühl, dachte Fluffi, wenn man etwas erreicht hat, was vor gar nicht langer Zeit unerreichbar erschienen ist.

Der Sonntag wurde also ein herrlicher Fußballtag. Fluffi tat sich im Tor hervor und war schon lange nicht mit so viel Schwung bei der Sache gewesen. Das war ja auch kein Wunder, nachdem er jetzt wieder frei und fröhlich in den Tag hinein leben konnte.

Am frühen Nachmittag stahl Schorschi sich ins Fünferzimmer, setzte Mauz in eine Schuhschachtel, die er mit Luftlöchern versehen hatte, und trug ihn fort. Hasi war nicht da, Wotan spielte im Garten, und die Kätzchen schliefen friedlich in der Sommerwärme.

Mauz, aus seinem Schlaf gerissen, wimmerte zum Steinerweichen, und Schorschi rannte mit ihm bis zum Ortseingang, weil er das Gejammer nicht hören konnte. Er stürzte in die Konditorei und drückte Frau Weißhäuptl die Schachtel in die Arme.

»Da ist er«, stieß er hervor, »Mauz heißt er, und er ist ganz zimmerrein, er geht auf Sägespäne.«

Und er drehte sich um und lief davon, ohne sich einmal umzusehen. Der arme kleine Mauz, bestimmt würde er Heimweh bekommen wie Schorschi selber, damals am ersten Tag im Internat. Aber er konnte ihm nicht helfen, ob man ein kleiner Bub war oder ein junger Kater, jeder mußte sich ganz allein durchbeißen im Leben und seine Erfahrungen sammeln. Nun, verhungern würde Mauz bestimmt nicht bei Frau Weißhäuptl.

Erst am Abend merkte Fluffi, daß Mauz fehlte, und Schorschi mußte jetzt seine Freunde aufklären.

»Wenigstens verabschieden hätten wir uns können«, sagte Clemens vorwurfsvoll und ein wenig neiderfüllt, denn er hatte noch nicht die leiseste Ahnung, was er mit Black Sheep anfangen sollte.

»Nein«, sagte Fluffi, »das war ganz gescheit von

Schorschi. Hoffentlich wird Mauz nicht zu fett bei dem vielen süßen Zeug. Jedenfalls können wir ihn oft besuchen dort.«

Ein bißchen später, als Schorschi, Pepi und Clemens in den Waschraum gegangen waren, hob Fluffi den kleinen Uhu aus Wotans dichtem Fell und versteckte ihn unter seinem Rock. Wotan sah Fluffi fragend und beunruhigt an, blieb aber auf Fluffis Befehl brav liegen und döste weiter. Er wußte genau, daß sein Herr dem Kätzchen nichts zuleid tun würde.

Fluffi schlich hinaus in den Park und lauschte. In der Bibliothek brannte Licht, bestimmt spielten der Turm und der Rex eine Schachpartie. Das hatte Fluffi gehofft. Alles hatte er schon genau geplant und vorbereitet und am Nachmittag schon eine Leiter aus dem Schuppen hinter dem Pförtnerhaus in einer Hecke versteckt. Sogar eine Schachtel mit Sagespänen hatte er besorgt. Uhu sollte nicht gleich in Verlegenheit kommen. Die Rablwohnung war finster, Fluffi hatte die Familie ins Dorf gehen sehen. Er lehnte die Leiter an und stieg hinauf und schwang sich ins Schlafzimmer des Turms. Dort setzte er den jammernden Kater auf den Teppich, kletterte zurück, holte das Katzenklo, und dann nahm er ein Blatt Papier aus seiner Tasche und legte es auf das Nachtkästchen. Darauf stand in Blockschrift:

»Ich heiße Uhu und bin ganz zimmerrein. Ich

fresse Leber und trinke Milch. Bitte um gute Behandlung!«

Dann kletterte Fluffi aus dem Fenster und sagte leise ins dunkle Zimmer hinein: »Servus, Uhu, mach mir keine Schande!«

Der kleine Kater stieß einen empörten Schrei aus und rannte unter das Bett. Das alles konnte Fluffi nur ganz undeutlich sehen, denn es war wirklich schon recht dunkel geworden, und er wagte keine Taschenlampe zu benützen. Leise schaffte er die Leiter zurück, und zehn Minuten später war er wieder im Fünferzimmer. Der Turm kam, Gute Nacht sagen, und war recht aufgeräumt, und Fluffi, dem sein Unternehmen inzwischen völlig verrückt schien und der schon verzweifeln wollte, schöpfte neue Hoffnung. Was immer geschieht, dachte er, aus dem Fenster wird sie den armen Uhu nicht werfen, dazu ist sie nicht fähig. Er schlief sofort ein, denn alles war geschehen und er konnte es nicht mehr ändern. Dafür wälzte Clemens sich unruhig in seinem Bett umher; die Katzenfrage lag auf ihm wie ein schwerer Stein. Etwas mußte ihm einfallen! Daß Schorschi und Pepi ruhig schliefen, war kein Wunder, aber daß auch Fluffi schlafen konnte, war wohl ein Zeichen von Roheit und Gemütskälte. Clemens wußte ja nicht, daß Wotan im Kasten nur zwei Katzen ableckte und das dunkle Gefühl nicht loswurde, es habe sich etwas mit seinen Schützlingen verändert.

Hasi kam in dieser Nacht überhaupt nicht heim. Eine so gute Mutter sie in den ersten Wochen gewesen war, so wenig kümmerte sie sich jetzt um ihre Kinder. Sie machte einen unternehmungslustigen Eindruck, trotz ihres fehlenden Schwanzes, und schien die warmen Juninächte fröhlich zu durchstreifen. Recht hat sie, dachte Clemens und fing an, sich eine lange Geschichte auszudenken über einen rothaarigen Buben, der aus der Schule weglief, sich in tiefen Wäldern verirrte, aber schließlich bei einem Zirkus landete und das Seiltanzen erlernte. Unter diesen sehr befriedigenden Vorstellungen, bei denen seine Zehen vor Vergnügen zuckten, schlief er endlich ein. Mir wird schon etwas einfallen wegen Black Sheep, dachte er noch, dann war er weg. Clemens war ein sehr leichtsinniger Bub und immer bereit zu glauben, es werde schon jemand anderer alles für ihn in Ordnung bringen.

Am nächsten Morgen wirkte Fluffi merkwürdig gedrückt.

»Was fehlt dir denn, du alte Flasche?« fragte Schorschi.

»Ich hab' eine furchtbare Dummheit gemacht, Schorschi«, sagte Fluffi, »jeden Moment kann die Welt untergehen. Aber jetzt kann ich nicht reden darüber.« Der bestürzte Schorschi zerbrach sich den Kopf über seinen Freund, aber er schwieg. Es war eine von Schorschis angenehmen Seiten, daß er auch einmal den Mund halten konnte.

In der Schule blickte er verstohlen hinter sich und sah Fluffi an seinem Daumen beißen, der schon so schön abgeheilt gewesen war. Ein wenig später sah er, daß Fluffi irgend etwas in sein Pult schnitzte. Was war denn nur über ihn gekommen, jetzt, wo er so gut wie gerettet war und bestimmt aufsteigen durfte! In der zweiten Stunde war Geographie, und der Turm stapfte ins Zimmer. Fluffi seufzte zum Steinerweichen. Der Turm schien ein wenig geistesabwesend zu sein und verwechselte das Burgenland mit Osttirol, und als es läutete, sagte sie: »Thomas, komm mit mir ins Konferenzzimmer.« Es klang nicht unfreundlich, aber Fluffi wurde kreideweiß unter seiner braunen Haut und tappte mit gesenktem Kopf hinter dem Turm her.

»Was hat er denn nur ausgefressen?« schrie Clemens und schoß auf Schorschi und Pepi zu. »Er schaut ja aus wie einer, der jemanden umgebracht hat.«

»Hast du schon so einen gesehen?« erkundigte sich Pepi kühl und wandte Clemens den Rücken zu. Schorschi konnte gar nichts sagen, er machte sich große Sorgen um seinen Freund. Pepi holte sich sein Frühstück und fing ruhig zu essen an. »Es nützt ihm gar nichts«, sagte er, »wenn wir seinetwegen verhungern.«

Fluffi kam erst nach der Pause zurück und setzte sich auf seinen Platz. Er sah wieder ganz normal aus, ein bißchen wild und düster, aber das war ja ganz in Ordnung bei ihm.

»Was war denn los?« fragte Schorschi. »Sag schon was!«

Fluffi lachte und sagte: »Sie hat mich gefragt, wie man eine junge Katze aufzieht und ob Katzenflöhe einen Menschen beißen können.«

»Wieso?« sagte Schorschi, und der Mund blieb ihm offenstehen. »Seit wann hat der Turm eine Katze?«

»Seit gestern abend«, sagte Fluffi, »einen Kater, und der heißt Uhu.«

In diesem Augenblick kam der Rex herein, und Schorschi mußte seine Neugierde bändigen, denn beim Rex konnte man einfach nicht schwätzen. Nicht einmal den Kopf konnte man unbemerkt nach hinten drehen. Diese Stunde wurde für Schorschi unendlich lang, dabei hatte er noch Glück und wurde nicht aufgerufen.

Der Turm und sein Kater wurden in den nächsten Tagen der allgemeine Gesprächsstoff. Und wieder einmal schlug jeder, der vorbeikam, Fluffi auf die Schulter und schrie: »Hopp, Fluffi, das hast du gutgemacht, du alter Büffel!«

Fluffi bemühte sich, möglichst düster und furchterregend auszusehen, konnte aber ein Grinsen nicht unterdrücken. Wenige Tage später geschah endlich, worauf alle schon lange gehofft hatten: Der Turm lud Professor Waschl zur Jause ein. Die Spione, die sich hinter der Hecke versteckt hatten und durch das offene Fenster das Gespräch belauschen sollten, berichteten, daß es sich fast ausschließlich um den Kater Uhu gedreht habe, seine Ernährung, Pflege und Erziehung.

»Es ist unfaßbar«, hatte der Turm gesagt, »ich hänge so an dem kleinen Kerl, ich könnte ihn unmöglich hergeben.«

Die Antwort des Professors war nicht zu verstehen gewesen, hatte aber sehr erfreut geklungen. Vielleicht wäre über diese Unterhaltung noch mehr bekannt geworden, wenn nicht in diesem Augenblick einer der Erzieher hinter den Spionen aufgetaucht wäre und sie an den Ohren ins Haus gezogen hätte. Aus Rache für diese ebenso beschämende wie schmerzhafte Behandlung behaupteten sie, der Erzieher habe sie nur vertrieben, um selber ungestört lauschen zu können.

Durch die plötzliche Verwandlung des Turms in eine Katzenliebhaberin entspannte sich die Lage im Fünferzimmer, denn was konnte jetzt noch viel geschehen, selbst wenn die restliche Katzenfamilie entdeckt wurde? Trotzdem gab es keinen Zweifel daran, daß Black Sheep, der kleine schwarze Kater, in den nächsten Tagen verschwinden mußte. Man konnte ihn unmöglich auch noch dem Turm aufhalsen. Das wäre wirklich unverschämt gewesen und hätte womöglich die junge Tierliebe des Turms ernstlich erschüttert. Deshalb bedrängten Fluffi, Schorschi und Pepi den armen Clemens von Tag zu Tag mehr, etwas zu unternehmen.

»Denk dir doch endlich was aus«, sagte Pepi. »Du bist ja sonst so oberschlau. Ich kann meiner Mutter nicht drei Katzen bringen, und ich seh' auch nicht ein, warum du dich von deinen Pflichten drücken sollst!«

»Du hast leicht reden«, fuhr Clemens auf. »Du hängst einfach die Katzen deiner Mutter an, aber jeder hat ja nicht daheim einen Hof, wo es auf zwei Katzen nicht ankommt. Ich kann meinem Großvater keine Katze auf den Schreibtisch setzen, in einer Stadtwohnung im zweiten Stock.«

»Was wirst du denn in den Ferien tun?« fragte Fluffi plötzlich.

»Ach«, sagte Clemens, »gar nichts. Mein Großvater hätte mich in ein Ferienheim ans Meer geschickt, aber ich will nicht, und es kostet auch ziemlich viel Geld. Ich kann ja auch ins Stadtbad gehen.« Es hätte munter klingen sollen, aber das war Clemens nicht ganz gelungen.

»Na ja«, sagte Pepi ein wenig beschämt. »Ich kann dir nicht helfen, trotzdem mußt du Black Sheep irgendwo unterbringen, auf einem guten Platz, verstehst du!«

»Ich hab' die ganze Zeit über für Wotan den Gang geputzt«, schrie Clemens böse werdend.

»Was hast denn du getan? Wurstbrote gegessen und weise Reden gehalten hast du! Und jetzt halt deinen Mund, mir wird schon was einfallen, und du brauchst gar keine Angst zu haben, daß ich nicht anständig für ihn sorge. Er wird den besten Platz von allen bekommen, das sag' ich dir.«

In Wirklichkeit hatte Clemens gar keine Ahnung, was er tun sollte. Er ärgerte sich sehr darüber, daß die andern ihm die besten Ideen vor der Nase weggeschnappt hatten. Wirklich, er war einfach vernagelt gewesen!

In der Zehnuhrpause stand er am nächsten Tag in einer Gangnische und brütete vor sich hin, als der Ergo vorüberging. Da kam Clemens die Erleuchtung, auf die er so lange gewartet hatte. Wenn ihm überhaupt noch ein Mensch helfen konnte, dann war es der Ergo. Ja, der war ja bestimmt verpflichtet dazu, ein Kind bei einem guten Werk zu unterstützen. Und Clemens sprang aus seiner Nische hervor, stolperte über eine herrenlose Schultasche und fiel dem Ergo buchstäblich in die Arme. Das war ein glücklicher Anfang für eine fruchtbare Unterredung. Die beiden gingen in den leeren Physiksaal, und Clemens sprudelte alles heraus, was er auf dem Herzen hatte. Was blieb dem Ergo schon übrig, als zu versprechen, daß er sich umschauen würde nach einem Platz für Black Sheep. Clemens beteuerte immer wieder, wie gescheit, hübsch und zimmerrein sein kleiner Kater sei und daß er aufs Wort gehorche. Das war ein bißchen gelogen, aber in einem solchen Fall schien Clemens eine kleine Übertreibung erlaubt zu sein.

»Und woher weißt du denn«, fragte der Ergo mißtrauisch, »daß es wirklich ein Kater ist? Wehe dir, wenn er in einem Jahr Junge bekommt, womöglich sieben Stück, und ich steh' dann mit acht Katzen da!«

»Pepi sagt, es ist ein Kater«, beteuerte Clemens, »und er muß es ja wissen, sie haben daheim einen Hof. Und niemand, der Black Sheep kennt, wird ihn wieder hergeben, und wenn er hundert Junge bekommt, aber das wird er nicht, weil er ein Kater ist.«

»Wir wollen es hoffen«, sagte der Ergo nachdenklich und streichelte sein Doppelkinn. »Ich könnte die Pfarrersköchin fragen. Sie ist eine brave Frau und könnte sich deiner Katze annehmen. Aber ich kann es dir erst morgen sagen. So lange sollst du ruhig ein bißchen Angst ausstehen, das gehört zum Leben, und du mußt dich daran gewöhnen.« Clemens lief pfeifend in seine Klasse und schwamm schon wieder obenauf. Er hatte kein bißchen Angst. Jetzt, da er Black Sheeps Zukunft in die Hände der Geistlichkeit gelegt hatte, fühlte er sich beruhigt. Es gab einfach keine Pfarrersköchin, die der Redegewandtheit des Ergo widerstehen konnte.

Und sie konnte es tatsächlich nicht. Am nächsten Vormittag sagte der Ergo zu Clemens, er möge den kleinen Kater am Nachmittag in den Pfarrhof bringen. Es hatte sich herausgestellt, daß der Pfarrer ein Katzenfreund war, und damit hatte Black Sheep sein Glück gemacht.

Nach der Jause trug Clemens seinen Kater fort. Er war ein wenig betrübt, denn er hätte den drolligen schwarzen Kerl lieber selber behalten, aber er sah ein, daß es wichtig war für einen Kater, in geordnete Verhältnisse zu kommen und zu regelmäßigen Mahlzeiten. Die Pfarrersköchin crwies sich als gutmütige ältere Frau, und Black Sheep, dieser Schlaumeier, wußte gleich, was er zu tun hatte. Er marschierte über den Tisch, stieß mit seinem schwarzen Köpfchen gegen die Stirn der Frau und sah sie aus großen gelben Augen recht kläglich an. Clemens bewunderte ihn für seine Vorführung. Nein, um ihn mußte er sich keine Sorgen machen, er würde groß und stattlich werden und vor Gesundheit glänzen, und schließlich würde er den Pfarrer und selbst den Ergo tyrannisieren.

»Einen komischen Namen hat er«, sagte die Köchin, »Blekschip, den hab' ich noch nie gehört, aber er paßt sehr gut zu ihm. Was heißt denn Blekschip?«

»Ich weiß nicht genau, ich glaub', ›schöner Prinz‹«, sagte Clemens. »Es dürfte ein persisches

Wort sein.« Und er wurde nicht einmal rot bei dieser Lüge.

»Sehr schön«, sagte die Frau, »komm her, Blekschip, bei mir wird's dir bestimmt gutgehen.«

Clemens bekam einen herrlichen Gugelhupf und eine Schale Kaffee mit Schlagobers vorgesetzt, und während Blekschip die Küche genau untersuchte, ließ Clemens sich die Jause schmecken und erzählte der staunenden Köchin die unglaublichsten Geschichten über seine Familie. Dann verabschiedete er sich, drückte den Kater noch einmal an die Wange und lief hinaus auf die Straße.

So, jetzt war alles geregelt und in Ordnung, und seinetwegen konnten die Ferien anfangen. Eigentlich war das Jahr gut ausgegangen. Fluffi war nicht sitzengeblieben, der Turm und Professor Waschl waren Freunde geworden, Wotan nahm eine angesehene Stellung als Internatshund ein, Hasi und ihre Kinder waren gut versorgt, und im Herbst würde man weitersehen. Und einmal, nach einer sehr langen Zeit, in ein paar Jahren, würden auch seine Eltern endlich zurückkommen, und alles würde werden wie früher. Bis dahin, das sah er deutlich voraus, mußte er noch oft Prügel einstekken, weil er den Mund immer zu weit aufriß, und Mathematik würde immer widerlicher werden. Aber er war ja schließlich nicht allein, er hatte Freunde, und gemeinsam mit ihnen ließ sich bestimmt alles überstehen. Es war ein herrliches Gefühl, Freunde zu haben, sogar die Mathematik schien dann gleich ein bißchen erträglicher.

Die letzte Woche im Internat verlief recht angenehm. Die Lehrer, die sich ebenso auf die Ferien freuten wie die Buben, erzählten nur noch Geschichten. Nur der eine Lateinprofessor hielt noch immer Prüfungen ab und schien es für seine Pflicht zu halten, die Buben bis zur letzten Minute zu plagen. Aber es nützte ihm nicht viel, denn alle wußten, daß ihnen eine schlechte Note nicht mehr schaden konnte, weil die Zeugnisse schon geschrieben waren.

Der Turm und Professor Waschl hatten jetzt täglich Unterhaltungen über Uhus neueste Fortschritte und Streiche, und man sah sie einträchtig Flip und Flop mit Kirschen füttern. Der Professor behauptete, die beiden hätten sich prächtig erholt in ihrem Gehege, und das mußte man ihm einfach glauben, schließlich hatte er ja Naturgeschichte studiert. Für alle anderen Leute hatte Flip und Flop nie anders ausgesehen, als sie aussahen.

Wotan verbrachte herrliche Tage im Schatten der alten Bäume und war der Liebling aller Buben geworden, aber er vergaß nie, daß nur Fluffi sein Herr war. Er schlief noch immer im Fünferzimmer, und nachts lagen Hasi und Milli an ihn geschmiegt und schnurrten ihn in den Schlaf. Professor Waschl versprach Fluffi, sich in den Ferien um Wotan zu kümmern, denn bestimmt würde der große Hund um seine Freunde trauern, das war leider nicht zu ändern.

Fluffi legte sich zu Wotan ins Gras und redete lange und eindringlich auf ihn ein, er solle ja nicht verzagen und nicht die Geduld verlieren, acht Wochen seien doch gar keine lange Zeit. Wotan sah ihn betrübt an, und sein Gesicht schien nur noch aus Kummerfalten zu bestehen.

»Zum Kuckuck, Wotan«, rief Fluffi, »du bist doch ein erwachsener Hund, du kannst doch nicht zu heulen anfangen! Komm, spielen wir Fangen!« Und er sprang auf und raste über die Wiese, und Wotan rannte freudig bellend hinter ihm her.

Endlich war auch diese Woche vorübergeschlichen, diesmal hatte die Zeit wieder einmal nicht vergehen wollen. Die Zeugnisse waren verteilt worden, es hatte fröhliche und noch mehr beklommene Gesichter gegeben, aber die meisten Buben hatten sich sehr schnell über ihre schlechten Noten getröstet und dachten nur daran, was sie in den Ferien alles anstellen wollten. Die Koffer waren gepackt, alles durcheinander wie Kraut und Rüben, und in den Zimmern herrschte wüste Unordnung.

Pepi, der Hasi und Milli in eine große Schachtel gepackt hatte, wartete besonders sehnsüchtig auf seinen Vater. Die beiden Katzen schrien nämlich so jämmerlich, als würden sie grausam verprügelt, und Wotan war schon so unruhig geworden, daß er unbedingt die Schachtel zerreißen und seine Freundinnen befreien wollte. Fluffi mußte ihn in den Park bringen und sich mit ihm beschäftigen, daß er abgelenkt war.

Endlich erschien Pepis Vater in einem großen alten Auto, das genauso behäbig wirkte wie er selber. Pepi stellte Clemens und Schorschi vor, und sie schleppten gemeinsam sein Gepäck und die Katzen zum Wagen. »Auf Wiedersehen!« schrie Pepi, dann hörte man nur noch die Katzen aufjaulen, als der Wagen zu brummen anfing, und dann waren sie dahin.

Fluffi stand mit Wotan hinter einem Baum und sah den Wagen vorbeirollen. Er dachte an Hasi, wie sie nachts unter seine Decke gekrochen war und geschnurrt hatte, und hoffte, es würde ihr und der kleinen Milli bei Pepis Mutter recht gutgehen. Dieser Abschied hatte ihn traurig gestimmt. Während er mit Wotan durch den Park ging, fragte er sich, ob sein Vater diesmal selber kommen oder nur den Chauffeur schicken würde, und plötzlich konnte er sich gar nicht auf die Ferien freuen und wäre viel lieber bei Wotan geblieben, bei Wotan, bei Professor Waschl und beim Turm. Es wäre nicht so schlimm, dachte er. Hier bin ich daheim und nicht in unserem großen Haus in der Stadt, wo ich nicht einmal einen Hund oder eine Katze haben darf und nicht einmal eine kleine Schildkröte. Er sah auf und merkte, daß sich Clemens zu ihm gesellt hatte, und der schien auch gar nicht glücklich zu sein. Fluffi dachte daran, daß dieser arme kleine Kerl überhaupt nicht zu seinen Eltern konnte, und eine leise Hoffnung stieg in ihm auf. Er wollte seinen Vater bitten, Clemens in den Ferien einzuladen. Jetzt, wo er durchgekommen war, mußte er ihm diesen Wunsch wohl erfüllen. Aber er wagte noch nichts zu sagen, um Clemens keine falschen Hoffnungen zu machen. Auf jeden Fall wollte er aber Clemens im Auto mitnehmen, denn dessen Großvater wohnte auch in der Hauptstadt.

»Eigentlich«, sagte Clemens nachdenklich, »hat Schorschi es am schönsten, er hat daheim drei Schwestern, kannst du dir das vorstellen?«

»Nein«, sagte Fluffi, »aber es muß ein großer Spaß sein.« Und dann sah er auf dem Parkweg zwei große Gestalten näher kommen, einen Mann und eine Frau, die eingehängt gingen und ihm fröhlich zuwinkten. Er wurde ganz blaß und blieb stehen.

»Was hast du denn?« fragte Clemens, und dann sah auch er die beiden und wartete gar nicht mehr auf die Antwort, sondern verdrückte sich hinter die Bäume. Fluffi war seinem Vater wie aus dem Gesicht geschnitten, es war ganz unbegreiflich, daß die zwei sich so lange nicht verstanden hatten. Clemens war es klar, daß er hier nicht stören durfte. Er sah noch, wie die beiden großen Leute Fluffi ein wenig ungeschickt umarmten, so, als hätten sie gar keine Übung darin. Fluffis Mutter war sehr schön anzusehen, und sie roch sehr gut, bis hinter die Büsche zu Clemens.

Plötzlich drehte Fluffi sich um und rief: »Clemens, wo bist du denn? Komm her!«

Clemens kam ein bißchen verlegen näher und mußte Hände schütteln, und dann holte er mit Fluffi die Koffer herunter und half Fluffis Vater, sie im Auto zu verstauen, während Fluffi den armen Wotan bei Schorschi im Fünferzimmer ließ und schnell und ohne Abschied weglief, um ihn nicht zu beunruhigen.

Aber natürlich hatte Wotan längst gemerkt, daß sein Herr abreisen wollte, solche Dinge kann man einem guten Hund nicht verheimlichen. Und während das große weiße Auto mit Fluffi und Clemens in die Ferien rollte, lag Wotan zu Schorschis Füßen und steckte traurig die dicke Nase zwischen die Pfoten. Schorschi saß auf seinem leeren Bett und streichelte den schönen braunweißen Kopf.

»Mach dir nichts draus, Wotan, guter Hund«, sagte er tröstend. »In acht Wochen sind wir alle wieder bei dir, und alles wird wieder genauso werden, wie es bis jetzt war, und Fluffi wird jeden Tag mit dir spielen.«

Als Wotan den Namen seines Herrn hörte, hob er den Kopf und winselte leise. Und Schorschi war plötzlich zum Heulen zumute, und er redete und redete und versprach dem Hund das Blaue vom Himmel, und endlich legte Wotan seinen Kopf auf Schorschis Knie und hörte ihm aufmerksam zu. Es war ein sehr großer, schwerer Kopf, und Schorschi taten schon langsam die Knie weh. Er begriff, daß er nicht aufhören durfte zu reden, weil Wotan seine Stimme hören wollte, und diese Freude mußte man einem so betrübten Hund schon machen, und so erzählte er Wotan alles, was ihm nur in den Sinn kam. »Und jetzt freu' ich mich halt schon sehr auf daheim«, schloß er seine Erzählung, »auf Mama und Papa, auf die Zwillinge, und, du wirst es nicht glauben, Wotan, sogar auf Dorli. Ich weiß selber nicht, wie das möglich ist, wahrscheinlich kann ein Bub seine Schwester überhaupt nur von Zeit zu Zeit aushalten. Was sagst du dazu?«

»Ja«, fuhr Schorschi fort, »und wir werden ein feines Leben haben auf dem Land, die Zwillinge werden im Sand spielen, und Dorli wird mich mit ihrer Harmonika ärgern. Aber weißt du, Wotan, in ein paar Wochen werd' ich genug haben von den Mädchen und werd' gern zu dir zurückkommen. Und jetzt tut mir der Hals weh, und ich würde ganz gern einmal ein bißchen den Mund halten.«

»Wuff«, sagte Wotan, denn er war ein einsichtiger Hund, und so saßen die beiden, bis sie in der

Mittagsschwüle schläfrig wurden und ihnen fast die Augen zufielen.

Gerade als Schorschi beschloß, sich ein bißchen auf die Matratzen zu legen, kam sein Vater ins Zimmer. Hinter ihm trippelten Bettinchen und Katrinchen, und als sie Schorschi sahen, stürzten sie sich auf ihn und wischten ihre feuchten Mäulchen an seiner Wange ab.

»Dorli hat lauter Einser«, zwitscherte Bettinchen naseweis, und Katrinchen fiel ein: »Und sie hat von Papa eine Ziehharmonika bekommen zur Belohnung. Gehört der große Hund dir?«

Schorschi seufzte, griff nach seinen Koffern und sagte: »Servus, Wotan, jetzt weißt du, was mir bevorsteht.«

Und Wotan, zu schläfrig, um den Kopf zu heben, blinzelte ihm nur verständnisvoll zu und schloß dann gleich wieder die Augen. Er hörte Stimmen und Schritte auf dem Gang, und dann wurde es ganz still im Fünferzimmer. Nur eine Fliege summte in der Sommerwärme. Wotan schlief ein und träumte, daß er im Park hinter Schorschi, Fluffi, Pepi und Clemens herrannte. Seine Pfoten zuckten im Schlaf, und er japste ganz leise, und wenigstens im Traum war Wotan wieder ein sehr glücklicher Hund.

Erich Kästner:
Drei Männer im Schnee
dtv

Una Troy:
Die Pforte
zum Himmelreich
dtv

Geschichten von Frauen im dtv großdruck

Irmgard Keun:
Das Mädchen,
mit dem die Kinder
nicht verkehren durften
dtv 25050

Irina Korschunow:
Glück hat seinen Preis
Roman
dtv 25009

Doris Lessing:
Ein nicht abgeschickter
Liebesbrief
Erzählungen · dtv 25015
Die andere Frau
Erzählung · dtv 25098

Anne Morrow Lindbergh:
Muscheln in meiner Hand
dtv 25053

Christine Nöstlinger:
Haushaltsschnecken
leben länger · dtv 25030

Marguerite Yourcenar:
Ich zähmte die Wölfin
Die Erinnerungen des
Kaisers Hadrian · dtv 25017

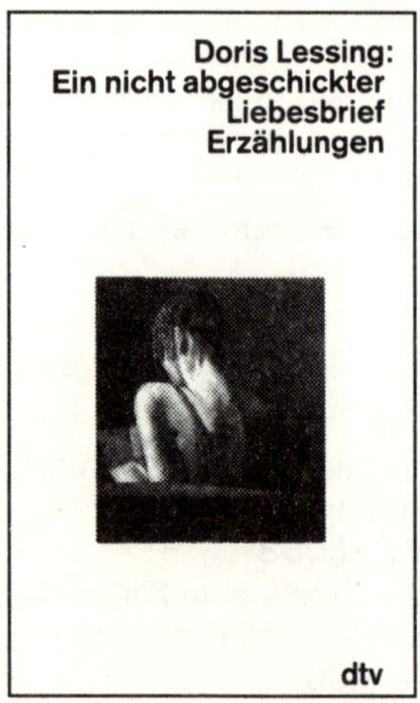